A sábia de Waterloo

Leona Francombe

A sábia de Waterloo

Tradução de
JULIANA ROMEIRO

1ª edição

EDITORA RECORD
RIO DE JANEIRO • SÃO PAULO
2015

CIP-BRASIL. CATALOGAÇÃO NA FONTE
SINDICATO NACIONAL DOS EDITORES DE LIVROS, RJ

Francombe, Leona

F898s A sábia de Waterloo / Leona Francombe; tradução de Juliana Romeiro. – 1. ed. – Rio de Janeiro: Record, 2015.

Tradução de: The Sage of Waterloo
ISBN 978-85-01-10398-7

1. Ficção inglesa. I. Romeiro, Juliana. II. Título.

15-19706 CDD: 823
CDU: 821.111-3

Título original:
THE SAGE OF WATERLOO

Revisão técnica: Ana Carolina Delmas

Texto revisado segundo o novo Acordo Ortográfico da Língua Portuguesa.

Impresso no Brasil

ISBN 978-85-01-10398-7

Para Peter e nossos filhos,
e para mamãe,
nossa sábia

Sim, os coelhos têm medo do baque dos cascos,
E suas caudas brancas chispam no rastro de suas patas...

— Thomas Hardy
"The Field of Waterloo"

O conflito está ali, petrificado; ele vive, ele morre; está no passado. Os muros ainda agonizam; os buracos são feridas; as fendas uivam; as árvores se dobram e tremem, como se tentassem escapar.

— Victor Hugo sobre a visita à fazenda de Hougoumont depois da batalha de Waterloo

Prefácio

A antiga fazenda de Hougoumont fica num vale arborizado, diante da serra próxima a Waterloo, onde, em 17 de junho de 1815, o duque de Wellington reuniu suas tropas. Naquela noite, ele guarneceu a fazenda e, decidido a conservar a posição, virou a madrugada chuvosa reunindo suprimentos e organizando a defesa do local. No dia seguinte, sob o comando de Jerônimo Bonaparte, irmão de Napoleão, os soldados franceses promoveram não menos que sete ataques aos portões e muros de Hougoumont. O que era para ter sido uma simples escaramuça se estendeu pelo dia inteiro, privando Napoleão de tropas essenciais em outros lugares.

O combate foi brutal, frequentemente corpo a corpo. A artilharia francesa incendiou o *château* e diversos prédios anexos; o Portão Norte foi arrombado por alguns instantes e retomado em seguida; até hoje, as pesadas portas de madeira estão crivadas de tiros de mosquete. O exército britânico e seus aliados alemães posicionados na floresta acabaram triunfando. Mas o custo em sangue foi espantoso: em oito horas, seis mil homens de ambos os lados estavam mortos ou feridos. A remota fazenda belga se tornaria fundamental para o desfecho da batalha de Waterloo, pois, se os franceses a tivessem tomado, a história talvez tivesse seguido um curso completamente diferente.

Antes desse dia tumultuoso, poucas pessoas haviam ouvido falar de Hougoumont. A propriedade pertencia a um recatado aristocrata belga e era próspera, com um pequeno *château*, um jardim formal murado em estilo francês, uma capela, uma casa para o jardineiro e vários anexos para animais e grãos. Refeições sofisticadas foram um ritual diário ali. E como os pratos de coelho e pombo eram — e ainda são — abundantes na culinária belga, é de se imaginar que ambas as espécies fossem criadas na propriedade, além de um bom canteiro de cebolas, para abastecer a mesa do jantar. Portanto, é quase certo que houvesse coelhos em Hougoumont na época da batalha de Waterloo.

Mas o que aconteceu com eles?

Trata-se, com certeza, de uma questão delicada, neste mundo antropocêntrico. Alguns diriam que, tirando a cavalaria, os animais seriam de pouca importância num conflito que resultou na queda de Napoleão e na redefinição das fronteiras europeias. Poucos historiadores comentam sobre o enorme número de cavalos que morreu no confronto, bem como vacas, ovelhas e outros animais; menos ainda (talvez nenhum, na verdade) se importaram com o que aconteceu com os coelhos do *chevalier*. Será que sucumbiram à fumaça, ao barulho ou ao puro terror de tudo aquilo? Ou quem sabe alguns conseguiram escapar das gaiolas e dispararam pelos jardins formais, esquivando-se da artilharia e dos homens enlouquecidos para, mais tarde, quando a morte tivesse se estabelecido para sempre nos tijolos e na argamassa do lugar, se espalharem pelos arredores com seus descendentes?

Às vezes, a história favorece os mais fracos.

— L. Francombe
Bruxelas, Bélgica

1

Memórias de infância são sempre imagens em close, não são? Uma folha de relva, um montinho de terra, a parte de baixo da cauda de alguém. Para mim, era o flanco da vovó. Meu nariz ainda procura o seu cheiro: aquela infusão agridoce e inebriante de feno, esterco e umidade, todos alquimiados no cadinho da velhice. Seu odor tinha também um toque floral decadente, daí o nome: Dona Lavanda. Era muito grande e não tinha uma cor específica — uma mistura de marrons e cinza enfadonhos, acho, embora nunca tenha prestado muita atenção nisso. A gente nunca repara nessas coisas quando se trata de membros próximos da família. De alguma forma, todas as características que criticamos nos outros — gordura, falta de viço, feiura, odor — não importam tanto em nossos parentes.

Dona Lavanda era senhora de um conjunto peculiar de atributos, alguns dos quais tão desagradáveis quanto os que acabei de listar. Mas seu temperamento era tal que, diante da força de seu coice, ninguém ousava criticá-la em nada. Passava os dias encolhida numa pequena cavidade no solo, encostada na cerca, os olhos semicerrados contemplando o infinito. Uma orelha colada ao pescoço, a outra apontando o céu. Ficava sempre assim. Suspeitávamos que era seu jeito de coletar informações: uma orelha esquadrinhando os céus por sinais, a outra servindo de aterramento. *As coisas mais interessantes da vida não podem ser vistas, William*, vovó me dizia frequentemente, o que tornava aquele escrutínio do horizonte ainda mais intrigante.

Ninguém sabia ao certo há quanto tempo Dona Lavanda vivia na colônia. Era avó de pelo menos dez gerações e, embora outros parentes desaparecessem ao longo dos anos de acordo com os caprichos do fazendeiro, ou da Lua, árbitro invisível de nossa espécie, ela sempre ficava. Ninguém se atrevia a contrariá-la. Em primeiro lugar, era grande demais. E depois, tinha aquele cheiro...

Mas talvez eu devesse começar do início. Não por uma questão de lógica, mas porque, por algum motivo, o início tem se tornado cada vez mais claro, como se eu estivesse me aproximando do fim da trilha que nós, coelhos, chamamos de Caminho Escavado: uma alameda agradavelmente protegida pela copa das árvores, com cheiro de terra molhada e matéria apodrecida. Acontece que, nesse trecho, a estrada é mais larga. Árvores altas proporcionam um equilíbrio perfeito entre luz e sombra. E daqui é possível enxergar bem longe em ambas as direções (embora seguir em frente ainda seja preferível, claro). Esse pedaço do Caminho tem muitas elevações e depressões leves em que se pode descansar e olhar para o que ficou para trás, e sugiro que você faça exatamente isso, porque a vista para trás é tão bonita quanto a da frente, além de oferecer lições valiosas.

O nosso trajeto, portanto, se apresenta como uma espécie curiosa de mapa: uma rota a se seguir decifrando aquela pela qual passamos. Imagino que os pontos de referência ao longo do Caminho sejam familiares a você também — seguem mais ou menos um padrão ao longo da jornada típica da sua vida, acho: parentes estranhos, amores duvidosos, Providência, alegria e tragédia. Mas o Caminho Escavado da minha história é único não apenas por causa do cheiro marcante da minha avó, mas também porque inclui a batalha de Waterloo. Se você acha que um conto desses é grandioso demais para um simples roedor, está redondamente enganado. Pois, para começo de conversa, sou um lagomorfo e tenho muito orgulho disso.

Assim, aqui estou, numa colina verdejante e agradável, e, se me permitem, vou olhar para trás e contar o que vejo.

❖

Nós, coelhos, começamos e terminamos nossas vidas na terra, o que pode parecer uma progressão um tanto circular, mas devo logo acrescentar que não nos prendemos a uma roda contínua da existência da mesma forma que certas crenças humanas. Já ouvi dizer que algumas pessoas ficam dando voltas e voltas até o fim dos tempos, reencarnando como uma mosca, um réptil, o tio de alguém ou, se você for muito azarado e calhar de estar em Waterloo, como Napoleão. A Lua pode ser bem caprichosa às vezes, mas jamais presidiria uma concepção de mundo tão sombria.

Nossa filosofia é menos tumultuada. Seguimos o Caminho na velocidade em que ele se apresenta — nem mais rápido, nem mais devagar. Isso é muito importante. Fomos ensinados desde pequenos que qualquer esforço para alterar essa velocidade, além de inútil, pode ser fatal. Por isso, saltamos, pastamos, descansamos e meditamos de acordo com um ritmo pulsante profundo dentro de nós, como um órgão essencial. Quando as coisas começam a ficar ligeiramente familiares e, de repente, nos sentimos à vontade, damos um último passo. E que passo! Vá em frente, é o que dizem, e você vai adentrar o prado mais verde, macio e sublime de todos. Nós sempre sabemos, sem qualquer sombra de dúvida, quando estamos na direção certa para esse lugar.

Nasci em Waterloo e lá passei os primeiros três anos de vida. Bem, não exatamente em Waterloo, mas na fazenda brabantesa de Hougoumont, um dos emblemáticos locais de batalha situado nos campos a poucos quilômetros da Chaussée de Waterloo. Em 1815, essa avenida comprida e arborizada conduziu torrentes exaustas de homens do campo de batalha à cidade e vice-versa — entre o destino e a salvação. O trajeto era perigoso; a via, por vezes, intransponível. Os trechos em que a cidade de Bruxelas hoje se expande em subúrbios afluentes já foram ocupados por um bosque denso, com vilas isoladas e o calçamento tão castigado pelas chuvas pesadas que, vez ou outra, as carroças ficavam atoladas por dias a fio ou simplesmente eram abandonadas na beira da estrada. O mato grosso estreitava a rua de ambos os lados, e, na floresta mais adiante, os desertores encontravam um vasto abrigo... bem como os saqueadores. Ao longo de toda a *chaussée*, estalagens e chalés jaziam abandonados diante do boato do avanço dos franceses.

Hoje, os saqueadores se foram, graças aos céus. Mas, se você passar as enormes lanchonetes de fast-food e os hipermercados, e atravessar o anel viário de Bruxelas, de repente, logo depois das lojas de eletrônicos, o burburinho do tráfego e do comércio dá lugar a uma zona de silêncio, como se 1815 não tivesse sido há tanto tempo assim. Não há como não notá-la, essa fronteira invisível. As lojas desaparecem bem aos seus pés. Siga em frente mais um pouco; assim que avistar a curiosa colina cônica com uma estátua no topo — o Monte do Leão —, já sabe que entrou no grande campo de batalha: um imenso vácuo varrido pelo vento, a *morne plaine* de Victor Hugo. E, de fato, sob a cevada de inverno, o trevo e os pés de aipo-rábano retorcidos e encolhidos feito múmias, esse prado lúgubre é, em essência, uma tumba.

Atravesse o campo à sua direita e logo ali, num vale arborizado, vai achar a fazenda que já chamei de lar. Junto a uma faixa irregular de terra cultivável, jazem adormecidas algumas construções anexas e uma casa para o jardineiro. Se você chegar a Hougoumont por acaso, vai ver que o lugar não tem nada de extraordinário: paredes dilapidadas sem qualquer enfeite, uma profusão de ervas daninhas, os restos enferrujados de uma vida agrícola.

Até ver as três castanheiras.

A primeira coisa que vai se perguntar é por que não derrubaram as árvores. Duas estão mortas, e a terceira não está muito longe disso. São como aberrações — carcaças alienígenas sem pele. Então, você vai se dar conta de que elas têm mais de trezentos anos de idade e são as únicas testemunhas que restam da batalha, e vai entender. Coloque a mão numa delas, mesmo numa das mortas: tenho certeza de que vai sentir uma pulsação.

Hougoumont é... minha nossa, as palavras me faltam! É um lugar mudo, entende, mas de uma eloquência surpreendente. Talvez o fato de que poucos visitantes ao campo de batalha não saibam da existência da fazenda lhe conceda o ar de mistério. Fisicamente falando, Hougoumont é uma ruína: uma casa de tijolo e arenito em total harmonia com o terreno. Outras coisas menos tangíveis são muito mais difíceis de descrever. Vá até lá sentir por si mesmo: o vento sábio, as árvores marcadas como leviatãs, uma paz estranha que não é nem um pouco pacífica, mas viva com a memória e outros fenômenos menos palatáveis. Às vezes, quando bate o vento dos campos ao leste, é como se uma cortina velha estivesse balançando, e, através de um rasgo no tecido, pudéssemos ver algo inimaginável para um fim de mundo tão moroso.

Fui feliz em Hougoumont. O último fazendeiro a morar lá não era como os aristocratas que um dia foram proprietários do *château* (já não havia mais *château* — os franceses o bombardearam). Ele criava gado e parecia muito menos interessado em jantar coelhos e pombos do que seus predecessores. Era, por sorte, o tipo de sujeito que gostava de comida congelada, e, portanto, nossa existência foi alegremente irrelevante.

O responsável pelos coelhos era um menino que morava nas redondezas, Emmanuel, um garoto grandalhão e aparvalhado que não cuidava bem de nós porque era incapaz de lembrar se já nos havia alimentado ou não. Recusava-se terminantemente a permanecer na fazenda depois que escurecia. Se ficava ocupado com tarefas em outro canto e o crepúsculo começava a espessar, simplesmente jogava um punhado de grãos por cima da nossa cerca e desatava a pedalar em sua bicicleta — a uma velocidade impressionante para um garoto tão corpulento. Talvez, como acontece a muita gente simplória, seus sentidos compensassem a falta de intelecto; talvez intuísse o mal-estar em Hougoumont até melhor do que nós e o sentisse começando a despertar ao cair da noite.

Emmanuel era bom demais para causar qualquer mal intencional. Nós até suspeitávamos que o fazendeiro nos mantinha só para dar a ele o que fazer. E como o rapaz parecia tão pouco querido, acabamos desenvolvendo nós mesmos um carinho por ele, embora, para ser sincero, não creio que jamais tenha notado. No entanto, como aprendi anos mais tarde, isso nunca deveria fazer diferença na hora de se oferecer amor.

Nasci na mais humilde das tocas de coelho. Nosso cercado ficava ao lado de um pombal — uma extravagância hexagonal da era vitoriana, abandonada anos atrás — e era protegido por uma tela de arame presa à cerca e amarrada no alto, numa espécie de telhado, embora qualquer predador digno do nome provavelmente fosse capaz de arrumar um jeito de entrar. Houve uma época em que crescia grama dentro do cercado, mas já fazia tanto tempo que minha avó era a única que lembrava. Para o restante de nós, o solo duro e intransponível era o nosso mundo.

O cercado tinha um abrigo improvisado, que o fazendeiro construíra com as vigas caídas do celeiro. Quando se lembrava, Emmanuel arrebanhava a gente para essa morada fedorenta antes do pôr do sol; nos dias em que ele esquecia ou que a escuridão iminente o espantava da fazenda, a maior parte de nós ia sozinha. As presas e os bicos dos predadores, reais ou imaginários, espreitavam enormes na noite do campo.

Atrás do pombal, entrevíamos a velha e maltratada Hougoumont: a antiga casa do jardineiro, os estábulos, o pátio de pedra e as portas desgastadas pela batalha, tudo sucumbindo ao mofo e estalando sob o aperto inexorável e úmido do tempo. Só a pequena capela havia sido reformada, com seu telhado novo em formato de chapéu de freira e uma parte do extinto *château* ainda visível em uma de suas paredes. Vovó nos mostrou o local do pátio em que ficava o poço mal-assombrado. Reza a lenda que, após a batalha, trezentos corpos foram jogados ali, numa tentativa de prevenir doenças, e, mais tarde, muito depois que alguma pobre alma ainda viva fosse capaz de emiti-los, lamentos de outro mundo podiam ser ouvidos de suas profundezas.

❖

O passado turbulento de Hougoumont era nossa única companhia. Não estou falando de poços mal-assombrados ou de diversões triviais para aliviar o tédio. Do nosso cercado, dava para ver os antigos jardins do *château*, testemunhas do massacre de 1815. As lembranças que o lugar guardava eram fortes o suficiente para serem sentidas até por terminações nervosas humanas. Hoje, no entanto, diante do prado exuberante em que os jardins se transformaram e das vacas pastando serenamente, você mal poderia acreditar. Nós mesmos quase não acreditamos.

Até aprendermos a verdade... até conseguirmos ler o ar.

Mas que tentações aquele paraíso nos inspirava antes de aprendermos a ler! Nossos corações juvenis transbordavam de generosidade. As folhas dos choupos refletiam como moedas na brisa. Pombos-torcazes arrulhavam pelo vale. Nos crepúsculos de primavera, os melros entoavam sua canção aveludada do alto das árvores mágicas. A gente se espremia contra a cerca de arame para ouvir, fitando o prado inteiro até o muro leste, atrás do qual, através de uma brecha, podíamos ver o oceano de espaço que um dia fora o antigo pomar, mas que hoje são terras agrícolas. Para nós, que vivíamos enclausurados, aquele mar verde era como nossos Campos Elísios — o nosso Desconhecido —, e, como em qualquer fantasia, parecia ainda mais encantador diante da consciência de que jamais poderíamos alcançá-lo.

Mas toda fantasia tem sua mácula.

Sob aquele gramado exuberante jazia algo mais que encantamento; algo de gelar a pontinha das nossas orelhas. Nossos sentidos refinadamente apurados eram capazes de captar sinais sobrenaturais com tanta facilidade quanto teias de aranha capturam o que voa ao vento; então não era preciso muito esforço para ouvir os prados de Hougoumont suspirando em seu sono. No entanto, por mais que tentássemos, nós, os membros mais jovens da colônia, não conseguíamos entender direito esses sinais — não tão bem quanto Dona Lavanda —, muito embora os sussurros por vezes não nos deixassem dormir... eles e o bater insistente e ritmado do galho de uma faia contra o muro sul.

— Não se esqueçam — advertia vovó. — Há duzentos anos, o prado era tudo menos intocado. — (Vovó era considerada por todos uma perita em Waterloo.) — Aquele lugar era um pântano encharcado de sangue, um verdadeiro pesadelo. Na época, não era nem um prado, sabe? Era um jardim francês: laranjeiras, rosas, gerânios... Estava tudo em flor durante a batalha. Os mortos eram jogados ali junto do muro, numa pilha de seis corpos de altura.

Por educação, tentávamos não olhar para o ponto que ela apontava, mas é claro que lançávamos espiadas ávidas para lá.

Como é de se imaginar, os comentários de Dona Lavanda encobriam de sombras os nossos Campos

Elísios. Mas há uma coisa engraçada nas sombras: você não se lembra delas quando pensa num lugar querido... quando pensa na sua casa. Você recorda o cheiro adocicado de decomposição no bosque, o vento na terra arada, a cantata dos melros no vale. Você não pensa nos defeitos, no mínimo os empurra para um canto escuro e quase nunca os revisita.

Era óbvio que Hougoumont estava se arrastando para um triste fim. A fazenda já havia chegado a uma espécie de encruzilhada antes mesmo de eu ir embora, seu futuro tão incerto quanto o nosso. Nem sei por quanto tempo os outros ficaram depois que saí. Por mais um inverno gelado e silencioso, quem sabe? Uma última e aromática primavera? O fazendeiro já deve até ter morrido a essa altura, e o lugar, ruído por completo. Não consigo nem pensar em qual teria sido o destino da minha família, com os portões principais trancados e Emmanuel, mesmo que tivesse se lembrado de nós, incapaz de entrar. (Os franceses penaram bastante, lembra?) Só posso torcer para que os melros tenham organizado algum tipo de réquiem.

❖

Já não sou jovem. Em alguns meses, vou completar 11 anos de coelho, o que não só exige conhecimento matemático muito além das minhas habilidades para calcular a idade no tempo dos homens, como me compele a avançar com a narrativa. Aqueles entre vocês que já estão experimentando a aventura que é envelhecer talvez tenham notado que esse trecho do caminho não envolve apenas fissuras e buracos inesperados na estrada, dores nos membros, dificuldade em alcançar aqueles cantinhos chatos de limpar (Dona Lavanda desistiu de tentar logo no início) e por aí vai. Não, é muito mais do que isso, na verdade. Uma grande vantagem é a afinação sutil que acontece, como se a Lua — ou qualquer que seja o nome com que você chama o afinador — estivesse lentamente apertando uma corda que até então balançava alegremente frouxa e cujo efeito perceptível e bastante inebriante é um tom mais puro e um eco mais doce. (Imagino que outros efeitos interessantes estejam por vir.) Ao mesmo tempo, sente-se uma certa elevação do espírito e da amplitude de visão, como se — pelo menos no meu caso — estivéssemos olhando para a fazenda e a família do alto do Monte do Leão. Não é surpresa nenhuma, portanto, que eu ainda consiga visualizar razoavelmente bem as personagens da minha juventude.

Jonas, um primo distante, era um macho impulsivo e boa-pinta, famoso pelo orgulho, pelas maquinações e pelo vergonhoso hábito de caçar um rabo de saia. Quando ficava nervosa com ele, Dona Lavanda o chamava de marechal Ney, numa referência ao genioso comandante de Napoleão. Era para ser um insulto. Mas vovó não percebeu que, na verdade,

Jonas tinha prestado atenção na palestra dela sobre Ney e acabara retendo os momentos de heroísmo. O respeito que minha avó tinha pela precisão histórica era maior do que sua aversão a Ney, então fora justa com o marechal. Por exemplo, vovó não pôde omitir que ele fora apelidado de "o bravo dos bravos" por suas cargas de cavalaria, por mais imprudentes que tenham sido, ou que cinco cavalos foram baleados embaixo dele, e nem isso o impediu de continuar. Assim, Jonas ficava bem satisfeito com o insulto de vovó.

Bumerangue, um tio meio amalucado, tinha o estranho hábito de se jogar de lado contra a cerca, quicando nos ângulos mais inusitados. A leve confusão mental que isso gerava era parte do seu charme.

Caillou era o tampinha (um nome muito adequado, aliás, pois significa "seixo"). Estava sempre atravancando o caminho, um fracote típico, principalmente porque não havia nada de extraordinário para falar a seu respeito.

E tinha Berthe... a pobre e singela Berthe, uma fêmea pacata e devota convicta da sua jura de rejeitar todos os pretendentes até encontrar uma alma gêmea de verdade. Para meu grande desgosto, Berthe às vezes voltava o olhar na minha direção. Não digo isso por mal. Ela era gentil e sinceramente ansiosa para agradar, mas não tinha o menor interesse em história. Nem se importava em conferir os fatos: insistia que a batalha de Waterloo se dera em 15 de junho de 1818, e não em 18 de junho de 1815, por exemplo. (Talvez fosse disléxica.) Berthe não tinha a menor ideia do que acontecera em Hougoumont. Então sobre o que conversaríamos nas longas noites de inverno?

Spode era o estadista mais antigo da colônia. Era um arquivista por excelência e coletava fragmentos de informação de animais ou turistas que estivessem passando por perto, para então registrar suas descobertas uma a uma, com pequenas fungadas presunçosas. Havia poucos assuntos sobre os quais não pudesse — ou não quisesse — discorrer, o que era um dos motivos pelos quais buscava conversar com vovó.

Spode havia escapado uma vez, um feito que compensava em certa medida toda aquela formalidade. Sumiu por três dias e voltou numa sopeira de porcelana (vivo, ainda bem), pois esse era o único recipiente que a mulher do fazendeiro tinha à mão para capturá-lo em meio aos repolhos. Talvez por causa do impressionante episódio, Dona Lavanda o designou vigia da colônia. E assim, sempre que não estava ocupado com suas pesquisas, Spode patrulhava o perímetro do cercado como um fuzileiro que está envelhecendo, e batia a pata traseira no chão a qualquer sinal de perigo. Quando *estava* ocupado com suas pesquisas — o que era a maior parte do tempo —, ficávamos por nossa conta.

Spode era gordo e meticuloso, com pintinhas marrons nas bochechas e um ar de superioridade que era tão difícil de engolir quanto palha de milho seco. Às vezes, embarcava em discussões filosóficas com Dona Lavanda, mas ela não tolerava sua arrogância e lhe dava as costas toda vez que se cansava. Mas Spode sempre a respeitara. Vovó era mais velha que ele, e seu conhecimento sobre Waterloo era mais vasto; então Spode, em geral, se afastava com uma fungada em vez de se engajar numa discussão acalorada com uma criatura que poderia derrubá-lo com uma única patada. Ela costumava chamá-lo de Bonaparte pelas costas, o que era um tanto triste, considerando o carinho que ele nutria por ela. Não era um mau sujeito. Mas também ninguém gritaria "*Vive l'empereur!*" toda vez que passasse.

A maioria de nós seguia as regras gerais definidas pelo Caminho Escavado. Dê a preferência. Atenção, quebra-molas. Proibido virar à esquerda. Esse tipo de coisa. Era uma vida previsível, vigorosamente certificada pela colônia: perambular, comer, cutucar, mordiscar, cochilar... perambular, comer, cutucar, mordiscar... Você entendeu. Dito isso, éramos um bando democrático: nunca concedíamos privilégios baseados em linhagem; sempre permitimos liberdade de credo, inclusive a total negação da Lua, fosse essa a inclinação de algum membro; e favorecíamos oportunidades baseadas no mérito (Jonas, por exemplo, com seu zelo nato e os ombros musculosos, era encarregado de cavar o buraco debaixo do abrigo). Eu me arriscaria a dizer que fomos talvez os primeiros defensores anônimos do Código Napoleônico.

❖

Mas nem todos acatavam as leis. Jonas tinha um conjunto próprio de regras e estava determinado a segui-las a qualquer custo. Como eu o invejava! (Muito embora a inveja seja contra os nossos princípios.) Eu era tão hesitante e inseguro. Nunca tomava a iniciativa, apesar de uma pequena chama selvagem que surgia dentro de mim de tempos em tempos. Minha patada era fraca e meus ombros careciam de músculos. Era impossível não invejar o impulsivo e exuberante Jonas. Ele era tudo que eu queria ser.

Jonas vinha trabalhando por alguns meses num buraco sob as gaiolas, gabando-se de que seu túnel logo chegaria ao muro sul e ele seria lembrado por muitas gerações futuras como um grande libertador que não tinha medo de correr riscos, esquivando-se (claro!) da má reputação que ainda perseguia o marechal Ney. Às vezes, Jonas desenterrava velhas balas de chumbo disparadas por mosquetes, o que inflava ainda mais seu ardor napoleônico. Diz-se que foram disparados cerca de três milhões e meio de tiros durante a batalha de Waterloo, o que tornava quase impossível para um coelho atlético como Jonas cavar um buraco decente e *não* encontrar uma bala. De acordo com os entusiastas do detector de metais que reviram regularmente o terreno de Hougoumont, é possível saber se a bala é francesa ou inglesa pelo peso: a primeira tem 22 gramas; a segunda, 30.

Num fim de tarde, enquanto entrávamos no abrigo para passar a noite, Jonas continuou cavando. Alguma coisa capturou sua atenção aquele dia: quem sabe um sinal perdido que vinha dos campos. Mais especificamente, o cheiro de uma fêmea selvagem. Qualquer que tenha sido a tentação, Jonas lançou-se no ar como se tivesse levado um choque e tentou pular o cercado, enredando-se ao arame farpado lá no alto. E ali ficou ele, sangrando profusamente, uma visão de dar dó.

Ficamos lá embaixo, zanzando confusos, sem saber o que fazer. Eu fui o que chegou mais perto, assustado com a importância do feito de Jonas — a grandeza de seu sofrimento e a incerteza sombria de seu destino. Pensei nas chamas selvagens que às vezes se acendiam dentro de mim e percebi como eram insignificantes diante das de Jonas. Eu jamais teria coragem de reagir a elas do mesmo jeito que ele.

Acontece que Emmanuel tinha se esquecido de nós aquela noite. (Embora, mesmo que tivesse aparecido, provavelmente não saberia o que fazer.) Spode não estava de serviço, tendo passado o dia inteiro mergulhado numa análise da adequação do marechal Grouchy para liderar a coluna direita de Napoleão durante a campanha de Waterloo, então foi Dona

Lavanda quem tomou as rédeas da situação. Deu uma patada violenta no chão de terra batida e, para nosso espanto, mordiscou nossos calcanhares e mandou todo mundo depressa de volta para o abrigo, deixando Jonas para os predadores. Seria essa sua última lição sobre o marechai Ney?, me perguntei. Será que o espírito do genioso comandante estava enfim em paz em Hougoumont?

Jonas passou a noite inteira lá no alto. O sangue escorria pelo arame da cerca, deixando manchas escuras que se expandiam na terra. A Lua, no entanto, não devia estar muito longe naquela noite, porque, na manhã seguinte, por incrível que pareça, meu primo não sucumbira às feridas nem tinha sido levado por uma coruja, como todo mundo suspeitava. Ainda era capaz até de contar uma ou outra piada. Acho que era simplesmente impossível abalar sua fanfarrice. Mas Jonas pagou pela impetuosidade, exatamente como vovó disse que pagaria (embora não tanto quanto Ney, que perdeu mais da metade de uma brigada).

Depois de ser solto pelo fazendeiro e ter todo o pelo da barriga raspado e as feridas costuradas, Jonas simplesmente não era mais o mesmo. Definitivamente perdera um pouco da ousadia.

Então, algo estranho aconteceu. Depois de sua experiência de quase morte, passou a tomar atitudes altruístas que não se pareciam em nada com ele, como se estivesse tentando começar de novo como outro coelho. Deixava os outros comerem primeiro, em vez de se atirar na comida — dando prioridade até a Caillou, que sempre era atropelado —, e não abria caminho à força até o abrigo para pegar o melhor montinho de feno. Essas coisas. Será que era algum tipo de santidade recém-aflorada?

Vovó achava que não. Nunca confiara em Jonas· fosse o velho ou o novo.

— Ainda é o farrapo de pelo mais suspeito que já conheci — desdenhou.

Também disse que, para se santificar, você tinha que abrir mão do melhor montinho de feno já nos primeiros dias. A nossa espécie tem que dar o melhor desde o início ao invés de alterar sua direção, acrescentou. Assim, em geral, você é o que é desde o dia em que nasceu. (Vovó sem dúvida era das antigas.) Já eu não tenho tanta certeza. Acho que todos merecemos uma segunda chance. Até Jonas. Mas os que praticam o bem precisam perceber que pelo menos metade de toda boa ação beneficia o benfeitor; meu primo com certeza entendeu isso, o que na certa não é um crime em si, mas também não é, estritamente falando, um caminho para a santidade. Devo acrescentar que sentia saudade do antigo Jonas — o cafajeste incorrigível segundo a grande tradição francesa, o espírito despreocupado que eu sempre quis ser. E as fêmeas também.

2

De vez em quando, visitantes vinham à fazenda procurando vestígios da famosa batalha. Eles deixavam flores junto à parede da capela e tocavam, admirados, a superfície marcada das portas. Invariavelmente, a peregrinação os levava do pátio ao prado, passando pelo pombal. Geralmente, ninguém nos notava, o que era compreensível. Aquela parte da propriedade tem uma atmosfera muito pesada, carregada de história. Ninguém espera ver coelhos.

Não me lembro de quando exatamente vi as duas senhoras pela primeira vez. Segundo vovó, fazia anos que visitavam a fazenda. Uma tinha os cabelos brancos feito neve, a outra era grisalha como prata, e, de longe, pareciam um inverno ao luar. Havia uma aura peculiar em torno das duas, como se tivessem sido enfeitiçadas, e andavam tão suavemente que era como se o próprio ar ditasse seus movimentos. Usavam galochas de borracha, mesmo no verão, e acho que não havia um buraco de bala ou lamaçal na propriedade que não conhecessem de cor e salteado.

Equipadas com mapas e guias, as duas passavam horas percorrendo a fazenda, parando às vezes para consultar seus textos e ler trechos em voz alta uma para a outra. Sua autora preferida era Charlotte Eaton, a inglesa que se viu em Bruxelas em 15 de junho de 1815 — véspera da batalha de Quatre Bras — e ficou na região por tempo suficiente para visitar Hougoumont e outros locais importantes um mês depois.

O mais extraordinário era que as duas pareciam ouvir a sinfonia inquieta de Hougoumont e a seguiam instintivamente até as nascentes de paixão mais intensa: as seteiras nos muros, o Portão Norte, o poço que não existia mais, as castanheiras. Era mesmo impressionante. Sempre fomos ensinados que nossos sentidos são muito mais apurados à pulsação de Hougoumont que os das pessoas, mas ali estavam elas, duas fêmeas humanas que pareciam capazes de ler o ar. Elas se separavam e se postavam embaixo de uma árvore qualquer, os olhos fixos no céu.

— Ainda bem que as senhoras Eaton aparecem por aqui — disse Dona Lavanda, e o apelido pegou.

— A guerra precisa desesperadamente de uma perspectiva feminina. Por que o flagelo da raça humana inteira tem que ser sempre recontado apenas por metade dela? E a metade culpada, diga-se de passagem!

Às vezes, as senhoras se demoravam junto ao pombal, onde se recostavam confortavelmente contra a cerca e liam seus guias. A visão de Dona Lavanda sempre chamava atenção das duas.

— Que coelho enorme! — exclamava uma, como se vovó tivesse aumentado desde a última visita.

— Parece um coelho daqueles quadros orientais — comentava a outra. — Sabe, a matriarca pensativa num canto.

Nunca fui a um museu, por isso não sei se a descrição era fiel. Mas a ideia me assombrava. Sem dúvida, pairava um enigma sobre Dona Lavanda, por determinados eventos em seu passado que não compartilhava com ninguém.

Outra coisa que guardava para si era a questão de minha ancestralidade. Vovó deixava subentendido que minha linhagem seguira uma rota mais tortuosa que a dela; no entanto, sempre evitava dar maiores explicações. Eu era o único coelho branco na fazenda... isso, qualquer um podia notar. Também estava muito claro que, de certa forma, por algum acontecimento estranho, a história de Hougoumont se relacionava a mim de um jeito diferente do que aos outros da colônia. Eu sentia essa distinção — talvez "estigma" fosse o termo mais adequado — desde sempre.

A cada duas ou três gerações nascia um coelho branco na colônia. Às vezes, era inteirinho branco; em outras, tinha o pelo manchado de pintinhas pretas, como eu. O mistério perseguia os portadores desse gene. Alguns acreditavam que ele remontava a duzentos anos, aos coelhos do *chevalier* que moravam no grande celeiro. Se isso for verdade, a conclusão lógica é que pelo menos um coelho branco teria sobrevivido ao bombardeio, embora pouquíssimos animais pequenos pudessem ter escapado ao cataclismo. Seria então necessário expandir ainda mais a hipótese e imaginar que pelo menos um macho e uma fêmea foram deixados nas gaiolas da era napoleônica. E a última suposição: que os dois não ficaram traumatizados demais para procriar.

Não saber a própria origem é realmente uma reviravolta estranha, como se você tivesse sido separado da ordem natural das coisas e deixado à deriva, sem poder confiar nem mesmo nas maiores obviedades, como o fato de que depois da noite vem o dia.

❖

Mas devia haver algo de especial na minha singularidade, pois eu era o único que Dona Lavanda deixava sentar ao seu lado.

Seu lugar preferido era uma cavidade na terra no canto nordeste do cercado. A rotina era sempre a mesma: primeiramente, vovó se limpava (nos lugares que alcançava). Depois, se acomodava na depressão aos poucos, metodicamente, movendo as ancas para a frente e para trás, cada vez mais baixo, até achar a posição perfeita. Por fim, deitava uma orelha no pescoço, esticava a outra para cima e estreitava os olhos.

Só então eu podia me aproximar.

Em silêncio, me aninhava na cavidade quentinha entre sua coxa e a barriga e ficava ouvindo os ruídos harmônicos de sua digestão, fitando pela cerca de arame na mesma direção que ela.

— Você parece uma tigela d'água de superfície tranquila, William — vovó gostava de dizer. — Não é possível enxergar lá embaixo, mas dá para saber que a tigela é funda.

Às vezes, sentado ao lado dela, fingindo ser aquoso e profundo enquanto tentava ingenuamente acompanhar seus pensamentos, a descrição me vinha à cabeça. Mas, ao fitar a brisa no prado indômito e provocante, minha tigela era tudo menos calma, e uma inquietação recorrente me atormentava, enchendo de marolas a superfície da água. Talvez vovó notasse as ondulações desde o início e tenha me batizado de William numa referência ao inexperiente aliado de Wellington, o príncipe de Orange, de quem, em geral, todos gostavam, mas cujos feitos heroicos durante a batalha de Quatre Bras ainda estão abertos à interpretação. A tigela *dele* definitivamente tinha marolas... quiçá algumas ondas grandes.

Às vezes, Dona Lavanda me acariciava com o nariz no sentido contrário ao do pelo, um gesto que normalmente enfureceria qualquer coelho. Mas não a mim. Ainda posso sentir seu toque — a empolgação da surpresa e o desconforto revigorante. Levei muito tempo para relacionar esse incômodo com um estímulo interessante do meu raciocínio. É claro que vovó estava transmitindo uma mensagem: conforto demais amortece o cérebro.

De vez em quando, ela abria bem os olhos e dizia:

— Tente imaginar o inimaginável, William.

Acho que era possível interpretar aquilo de muitas maneiras. Mas, na época, eu só conhecia uma e, obediente, tentava pensar naquela fazenda bucólica e nos campos perfumados ao redor cobertos de sangue. E não apenas sangue humano, mas o sangue de todos os animais que, até aquele dia terrível há duzentos anos, jamais questionaram seu lugar de direito no universo.

Passei a vida pensando nesse tal lugar de direito e em quão delicado ele é; em como, por exemplo, após os três dias da batalha de Waterloo, o meu herói, o duque de Wellington, escapou sem um arranhão de bala. "O dedo da Providência estava sobre mim", teria falado ele. Que o comandante possa ter saído ileso quando praticamente todos de seu círculo próximo tenham morrido, sido feridos ou tido os cavalos baleados foi um dos maiores truques de todos os tempos.

A pergunta é: truque de quem?

Até onde sei, ninguém teve a indelicadeza de questionar a explicação de Wellington de que foi pura sorte. Ele ficou lá, de luneta na mão, cavalgando de um lado para outro por horas, no meio da batalha, distribuindo palavras de encorajamento e ordens, a morte sempre nos seus calcanhares. Seu estimado quartel-mestre-general, Sir William de Lancey, foi derrubado do cavalo pelo vento de uma bala de canhão que ricocheteou ao seu lado enquanto falava com o duque. Acabou morrendo uma semana depois em função dos terríveis ferimentos que sofreu; o conde de Uxbridge foi baleado na perna em circunstâncias quase idênticas; Sir Alexander Gordon, amigo e ajudante de campo do duque, teve a perna amputada e morreu na cama de campanha do próprio Wellington. Mesmo os descrentes poderiam dar o braço a torcer e aceitar o argumento do comandante.

❖

Depois de um período de reflexão — de vários dias, mais ou menos —, Dona Lavanda fazia uma palestra para todos nós. O cercado era um lugar cheio: era impossível comer, se limpar, copular ou divagar a mais de trinta centímetros de alguém, então vovó tinha uma plateia cativa razoável. Não que fizéssemos alguma objeção. Ela buscava em sua paixão por Waterloo preciosidades que oferecia exclusivamente a nós.

Era um assunto que ninguém ali podia evitar, claro, já que morávamos sobre a terra que tremera com a batalha e respirávamos o ar ainda denso com as almas. Como o restante do bando, Dona Lavanda não estava livre de seu destino de criatura pequena; assim, o foco de sua história se concentrava nos pequenos detalhes.

— Nosso ponto de vista é uma dádiva — dizia ela. — Nós entendemos as minúcias fundamentais, tanto nos da nossa espécie quanto nos homens: a ansiedade num gesto ou numa voz; a descarga elétrica gerada pelo pânico ou pela agitação; sinais que deixam entrever dúvida, alegria, tristeza. E não se esqueçam do vasto campo do cheiro. Que enciclopédia! Qualquer um de vocês teria sentido o odor do estresse de Napoleão na véspera da batalha.

Vovó prosseguia, descrevendo como os poros de Napoleão exalavam o tipo de ansiedade que até os sentidos animais menos apurados poderiam detectar. Seus homens, no entanto, tinham apenas os sinais menos sutis em que se basear: a fala alta e agitada, as ordens proferidas com grande veemência, o uso constante do rapé e a certeza absoluta de que ele iria dormir no palácio real em Bruxelas depois da vitória.

A história está nos detalhes... Quantas vezes fomos lembrados disso! Escolham os detalhes que os emocionam, assim éramos instruídos — aqueles que falam com você e prendem sua atenção. Então, construam sua ideia de história em torno deles, pois só assim ela se tornará viva.

Minhas primeiras aulas me deram as menores pérolas... tão pequenas que teriam sido descartadas por qualquer pescador de pérolas que se preze. Mas, através dos olhos de Dona Lavanda, esses tesouros mínimos eram como seixos vistos por entre gotas de chuva: cor, tamanho e nitidez, tudo era acentuado, transformando restos insignificantes em joias.

— Olhem bem de perto — dizia vovó, acrescentando a estranha ressalva —, mas com o coração aberto.

E que cenário gigante ela nos apresentava com aquele coração! Com que paixão discursava! Dona Lavanda era a prova viva de que é possível encontrar emoção nos seres mais rabugentos e malcheirosos.

Nuvens, neblina, chuva forte... detalhes irritantes, talvez, mas, na véspera de Waterloo, a nossa região se tornou o crepúsculo de algum deus desesperado. Era evidente que forças maiores estavam rondando... rondando...

— Foi uma tempestade especialmente ruim — disse Dona Lavanda. — Um presságio, sem dúvida. Os soldados afundavam na lama até o pescoço. Lógico que Napoleão teve que esperar o terreno secar um pouco antes de mover a artilharia. Afinal, balas de canhão precisam ricochetear, não atolar. Foi uma perda de tempo fatal, no entanto. Napoleão chegou quatro horas atrasado à sua própria batalha.

Não espere a lama secar para seguir em frente e tocar suas coisas, era um dos aforismos clássicos de vovó. E também: *você sempre pode pular mais alto do que pensa*, numa referência aos nossos ancestrais nas gaiolas do *château*, que podem ou não ter escapado ao cerco de Hougoumont. (Como quase todo detalhe histórico, depende de para quem você pergunta.)

É um fato curioso que ninguém saiba ao certo a que horas começou a batalha de Waterloo. A maior parte dos historiadores acha que foi em torno de onze e meia da manhã; Dona Lavanda dizia que fora às onze. Sua convicção era tanta que, se tivesse dito que foi à meia-noite, teríamos acreditado.

Nossa avó teria dado uma bela diretora de cinema, de tão vasto o seu repertório e tão ampla a sua visão. O panorama que criava se estendia até os confins da nossa fantasia, e, mesmo de olhos fechados, não conseguíamos ver onde terminava. Suas imagens eram apenas palavras, claro. Mas como ressoavam durante nossas horas de vigília e comandavam nossos sonhos! O feitiço de Dona Lavanda era tão poderoso que não sabíamos mais o que era real e o que era imaginário. Ficávamos acordados com o cheiro da cevada molhada e pisoteada sobre a qual os soldados dormiram na noite anterior à batalha. Sentíamos o chão do abrigo tremer com o avanço dos magníficos couraceiros de Napoleão em pleno galope, o sol encoberto refletindo em seus peitorais. Ouvíamos cada toque do relógio da cidade naquela manhã de junho — chegamos inclusive a contá-los em voz alta até onze, para então imaginar o trovejar das armas francesas.

Vez por outra, vovó fazia um agrado a Caillou e contava a história preferida dele. Era um conto confuso e com poucos fatos: um menino tocador de tambor do exército francês que sobreviveu ao cerco do Portão Norte de Hougoumont. E pronto. Você há de convir que quase não dá para inventar uma história de dormir decente com isso. Mas esse era o tipo de trivialidade enganosa que vovó adorava, porque os historiadores em geral a descartam — como aqueles pescadores de pérolas descuidados — ou até a deturpam, sem se dar conta da preciosidade que deixaram escapar. Dona Lavanda, portanto, se achava no direito de se apropriar do tesouro e fazer com ele o que bem entendesse.

O tocador de tambor nunca foi identificado. Foi levado no auge da batalha para o celeiro de Hougoumont pelo soldado Matthew Clay, um inglês que era, ele próprio, pouco mais que um garoto na época e cujo relato as senhoras Eaton gostavam de repetir. De acordo com Clay, o tocador de tambor sobrevivera a um conflito no Portão Sul, não no Norte. (Vovó nunca compreendeu como os historiadores podiam ser tão negligentes com suas interpretações.)

Ninguém sabe o que aconteceu ao francês depois disso. Era órfão? Um menino de rua procurando aventura? Afinal, outros jovens fugiram para a guerra por esses motivos. Será que voltou para a França ou mesmo chegou à idade adulta?

Como os melhores professores fazem, Dona Lavanda nos apresentou as pérolas e deixou para nós a tarefa de poli-las e montar o colar. Mas vovó tinha suas próprias opiniões.

— Talvez o menino tenha se tornado professor, líder, quem sabe até filósofo — sugeriu. — Não se esqueçam de que ele testemunhou o massacre de Hougoumont através de olhos inocentes. Assim como vocês. — O comentário nos fez fitar uns aos outros no abrigo de um jeito diferente. — Ele pode ter ajudado a traçar um novo caminho para a humanidade, para longe dessa obsessão mórbida com a guerra.

Em seguida, sua voz se endureceu, e seu olhar revelou um brilho mais profundo:

— Ou talvez tenha sucumbido ao tentar deixar o campo de batalha. Morrido de febre... — Sua pausa foi primorosamente cronometrada. — E se tornado outra coisa.

Nossos nervos afloraram. Pense nisto: é desse tipo de incerteza que a história obtém seu oxigênio. Quando o quê, o quando, o quem, o como e o porquê de um fato histórico são conhecidos, então todos os detalhes são cuidadosamente registrados, sepultados entre as capas de um livro pesado e guardados numa prateleira, da qual sairão uns vinte anos depois, quando alguém precisar de um peso de porta. (O que, aliás, é uma boa descrição para Spode.)

Quaisquer que fossem os detalhes em torno do mistério do tocador de tambor, todos sentíamos que havia algo de estranho com relação a ele, como se o menino não tivesse aprovado seu próprio drama, mesmo séculos depois. Quanto a mim, acreditava em meu íntimo que havia um toque da Providência no incidente (digo, quando ela não estava ocupada com o duque de Wellington), o que lhe transformava naquele brilho tentador e submerso impossível de se trazer à tona.

Dona Lavanda obviamente enfeitava a história para Caillou. Ela até se tornava bastante poética, descrevendo o porte franzino do tocador de tambor, os cabelos despenteados e os grandes olhos castanhos dos quais nada escapava naquela tarde úmida de verão. Nosso fracote sempre cochilava antes do fim. Mas, de alguma forma, o restante do bando não conseguia dormir. Nós sintonizávamos as orelhas com cuidado no vento lá fora, ouvindo o rufar do batedor contra o tambor. A noite de Hougoumont tinha toda a sorte de barulhos desconexos que nem sempre se podia explicar. Batidas ritmadas eram apenas um deles.

❖

As manhãs eram a hora da arguição:

"O que Wellington comia de café da manhã?" (Chá quente e adoçado, com torradas. O café da manhã de Napoleão, aliás, vinha servido numa bandeja de prata.) "Por que Napoleão era um cavaleiro tão ruim?" (Ele escorregava demais na sela, a ponto de puir e furar a calça.) "Por quanto tempo o *Generalfeldmarschall* Gebhard Leberecht von Blücher ficou preso sob o cavalo morto?" (Ainda mais do que o necessário para pronunciar seu nome corretamente.) "O que foi usado para ressuscitá-lo?" (Blücher, não o cavalo: gim e alho.)

Eu não tinha qualquer dificuldade para produzir história a partir dessas pepitas de ouro. Na verdade, em geral me perdia por completo em minhas próprias criações, o que na certa não era o que vovó tinha em mente, realista de carteirinha que era.

A questão era que todos aqueles detalhes que ela nos fornecia prendiam minha atenção, falavam comigo, me tocavam... no fundo da minha alma. Eu nem sabia qual deles escolher. Para uma viagem certa, Wellington era aposta garantida, e assim eu o seguia avidamente, enquanto o duque, de sobrecasaca azul e chapéu bicorne, cavalgava o dia inteiro pela propriedade, impressionado com como uma figura tão lendária pudesse se sustentar só a base de chá com torradas. Então, eu deixava momentaneamente o duque em suas rondas e treinava a pronúncia de "*Generalfeldmarschall* Gebhard Leberecht von Blücher". Nunca aprendi direito, apesar de todas as horas de prática, o que me fez reconhecer ainda mais o aperto que o velho general prussiano passou. (Ele tinha 73 anos na época.) Quando me cansava dessas atividades, me imaginava escapando num lampejo de coragem do celeiro de Hougoumont no momento mais feroz do combate, disparando pelo jardim do *château* em meio a uma tempestade de balas, o dedo da Providência fixo em cima de mim.

Às vezes, no santuário da cavidade de Dona Lavanda junto à cerca, eu espiava disfarçadamente a esfinge de orelhas compridas que era minha avó e me perguntava como ela podia saber tanta coisa. Afinal, qualquer um pode passar horas mirando por entre uma cerca de arame, sem pensar em nada de especial. Mas vovó havia elevado sua observação paciente à forma mais nobre de arte, havia captado a agitação presente naquele prado murado muito antes de qualquer um de nós ter nascido. Por seu conhecimento vasto, era óbvio que tinha uma comunhão privilegiada com alguma coisa: a Lua, quem sabe? Mas, em se tratando de deuses, a Lua é bem casual, e, para ser sincero, não sei se está muito preocupada com detalhes históricos, considerando-se que foi espetacularmente ausente numa das batalhas mais famosas da história.

Minha teoria é que Dona Lavanda usava a astúcia e a sensibilidade extrema para compilar fatos e intuir. Era capaz de ler as mudanças do ar, os tremores do chão, os gestos e os olhares dos animais que passavam pela fazenda. E fazia isso com paciência, dedicando horas sem-fim à reflexão. Imagino que o processo fosse como uma colheita à mão no pomar, uma fruta de cada vez (embora o pomar nos fundos do prado de Hougoumont tenha desaparecido há muito tempo, e eu não possa comprovar a hipótese).

Os detalhes que ela não podia coletar ou intuir aprendia com as pessoas que visitavam a fazenda, sobretudo as senhoras Eaton, que tinham o hábito de se demorar perto do pombal e ler em voz alta. Tenho que confessar que eu tremia um pouco diante daquelas singulares mulheres, do mesmo modo que tremia diante da própria Dona Lavanda (mesmo ela sendo minha avó). Talvez fossem os cabelos brancos e a ausência de rugas, o que entendo ser uma combinação rara e digna de atenção.

— A natureza nunca se recupera por completo de cataclismos humanos — me disse vovó um dia. — Nunca.

Estava usando *aquele* tom: duas partes de sábia anciã para uma de guerreira, pouco afeto e nenhum tempero. Eu supunha que havia captado alguma informação ao ouvir as senhoras Eaton.

— Todos os animais que estavam perto de Waterloo sentiram que ia acontecer alguma coisa — explicou ela. — Os que podiam foram embora. Os que ficaram e sobreviveram passaram adiante a experiência por meio da memória coletiva ao longo das gerações, até os dias de hoje. Da memória coletiva... e da ressonância.

— Ressonância? — Tentei dar à palavra o mesmo peso que ela.

— Claro. A paisagem dos lugares em que se derramou grande paixão ressoa. Não muito alto, é óbvio.

Mas alto o suficiente para a maioria dos animais selvagens captarem. Uma vez que se dá início às vibrações, elas continuam para sempre. — Vovó tinha o ar muito grave. — Isso mesmo, William. *Para sempre.* — E com uma pitada de afeto, acrescentou: — Estou dizendo isso porque acredito que você tenha o meu dom. Todos nós somos capazes de captar vibrações. Mas você tem a habilidade de interpretá-las e passá-las adiante. Já deve ter notado isso, embora vá precisar de muitos anos até aprender a controlar esse dom. É uma responsabilidade, sabe. Cuide dele com muito cuidado.

3

Nas noites de lua cheia, acontecia uma coisa interessante: antes mesmo de Emmanuel aparecer, Dona Lavanda nos arrebanhava sumariamente para dentro do abrigo e dispensava Spode de seu posto de vigia. Em seguida, ficava lá fora no cercado, como se tivesse esquecido de pensar em alguma coisa durante o dia e precisasse de um pouco mais de tempo em sua cavidade junto à cerca. Se Emmanuel aparecesse, olharia ao redor em busca de retardatários, mas em geral ele estaria jogando alguma coisa no celular e esqueceria alguém do lado de fora. E sempre deixava Dona Lavanda em paz. Mesmo a pessoa mais tola tinha massa cinzenta para entender que aquele coelho, sempre difícil, tornava-se impossível em noites de lua cheia.

Você sabe que há um coelho mítico na lua? Não? Pois há. Dá para ver a cabeça, as orelhas e o rabo nos muitos oceanos do corpo celeste. Dê uma olhada na próxima vez em que a lua estiver cheia. Algumas culturas acreditam que o animal está mexendo alguma coisa numa panela ou talvez batendo num pilão. Outras acreditam que se trata do Grande Coelho — o Criador do universo. Éramos livres para interpretar o coelho na lua como bem entendêssemos, embora, sendo de intelecto modesto, nunca tenha entendido o assunto por completo. Mas gosto de pensar que, já que coelhos são usualmente vistos ao amanhecer e ao entardecer, somos um pouco como guardiões da noite, cúmplices em certa medida do nascer e do pôr de nosso parente lunar. (Aliás, levei muito tempo para formular essa observação e tenho bastante orgulho dela.) Não há dúvida de que *existe* um coelho na lua. Só me falta descobrir a que propósito ele serve quando não está nascendo ou se pondo.

Você deve estar pensando que o nome da nossa deusa — Lua — é bem pouco criativo. Óbvio, até. Mas você está errado.

— Existe *Lua* — dizia vovó. — Existe a *lua*. Não confunda as coisas. Deuses não gostam de ficar presos demais à sua representação física, e a Lua não é diferente. A coisa toda cheira a idolatria. O coelho na lua inspirou a *ideia* da nossa deusa (e a muito tentadora suposição de que existe uma divindade). Mas a Lua vai aonde ela bem entende, quando bem entende. Às vezes, nem está por perto quando a lua está cheia. Um descuido muito irônico, sobretudo por aqui...

Sabíamos bem o que ela queria dizer. As noites de Hougoumont não eram normais. Como poderiam ser, depois de tudo que acontecera ali? Em 18 de junho de 1815, faltavam poucos dias para a lua cheia, embora as nuvens estivessem carregadas e o luar, traiçoeiro. Um detalhe insignificante, talvez. Poucos historiadores mencionam o fato. Mas se podemos dizer uma coisa da lua cheia é que ela é um farol que vem muito a calhar, e para os milhares de feridos que jaziam no campo de batalha depois do ocaso, o purgatório havia apenas começado. Pois, de tempos em tempos, as nuvens se abriam, e toda vez que isso acontecia, a lua iluminava o caminho... para os saqueadores.

A simples menção aos saqueadores era suficiente para nos colocar para dentro do abrigo à noite, o que sem dúvida facilitava muito o trabalho diário de Dona Lavanda de nos arrebanhar. Não importava que a ameaça tivesse duzentos anos de idade. Vovó sabia que tínhamos dificuldade em discernir os séculos, e um saqueador era um saqueador. O que queria transmitir era que o crepúsculo era uma hora crítica para pequenos animais de áreas rurais. Raposas e corujas espreitam escondidas, sempre atentas a uma possível refeição. Por isso, caminhar à noite e observar as estrelas não era encorajado na colônia (sobretudo com um vigia como Spode). O cativeiro tende a embotar os sentidos, e quase nos esquecíamos que existiam predadores. Havíamos nos tornado complacentes, acho. Portanto, que jeito melhor de ensinar os perigos da noite do que incutir o medo de ladrões da era napoleônica — mesmo que houvesse um tempo que ninguém os via?

Eu não me importava de ficar dentro do abrigo nas noites de lua cheia. A multidão, o calor, o mau cheiro... quando se é jovem, essas coisas parecem normais, agradáveis até. Eu só ficava triste que ninguém tivesse permissão de apreciar o espetáculo de um dos nossos flutuando no céu. Como ansiávamos por quebrar a regra! A tentação competia bravamente com a obediência, mas o conflito acabava se provando cansativo, e sempre nos arrastávamos para a cama.

— Existe uma diferença sutil entre coragem e imprudência — gostava de afirmar Dona Lavanda. — Um dia, vocês podem se ver presos do lado de fora à noite e vão ter que aprender a diferença depressa. Vão precisar reunir toda a sua coragem e, lentamente, refreá-la, pois, caso contrário, vão cruzar a fronteira da imprudência e virar o jantar de alguém.

Ela gostava de citar o exemplo do marechal Ney para reforçar sua tese (talvez o admirasse mais do que pensávamos). Embora tenha apelidado Ney de "aquele histérico mimado", Dona Lavanda sabia que a sorte não estivera ao lado do marechal em Quatre Bras.

O confronto se deu dois dias antes da batalha principal de Waterloo e terminou numa espécie de impasse sangrento. As diversas ordens de Ney chegaram atrasadas... ou simplesmente não chegaram. Ele se viu com poucas tropas para combater Wellington e quase sem opção.

— Em 16 de junho, nada estava dando certo para Ney, e a história o julgou severamente — disse vovó. — Quando Napoleão enviou uma mensagem pedindo que ele se apressasse, foi a gota d'água. Ney perdeu o controle. Cruzou a fronteira da imprudência e ordenou uma carga de cavalaria quase suicida contra as forças aliadas. No entanto, sobreviveu. Então, não esqueçam: se alguma vez vocês ficarem trancados do lado de fora, pensem no marechal e em seu péssimo dia. Se ele sobreviveu ao exército inglês, vocês têm grandes chances de sobreviver a uma noite ao relento.

❖

Corria um boato de que vovó havia escapado uma vez.

Os detalhes eram um tanto confusos, mas, segundo os rumores, numa lua cheia de muitas gerações atrás, ela escavou uma saída por baixo do cercado e cruzou o Desconhecido até o muro leste. Nenhuma testemunha jamais se manifestou, e a própria Dona Lavanda nunca falou do caso. Portanto, embora vivêssemos junto da fonte de tal lenda, podíamos muito bem estar fitando uma espécie de nascente da qual jamais poderíamos beber.

Mas eu sabia.

Quer dizer, não a vi escapando, mas sabia que ela se comunicava com algo fora do nosso cercado. Não posso afirmar ao certo quantas vezes isso aconteceu ou por quanto tempo. Só desafiei as ordens dela uma vez, sabe.

Era noite de lua cheia — ou quase cheia. Disso eu tenho certeza, embora os demais detalhes estejam um tanto enevoados em minha memória, pois estava petrificado de susto por todos os segundos que passei fora do abrigo. O instinto se apoderou de meus membros. *Será que Ney se sentiu assim em Quatre Bras?*, pensei. E então: *como posso pensar no marechal Ney numa hora dessas?* Nem dei bola para o coelho na lua, ainda que ele estivesse lá, um rabisco cinzento e extravagante na superfície da esfera reluzente. E daí se o rabisco fosse a própria Lua? Só conseguia pensar na coisa cinzenta, mais escura e alada, cada vez mais próxima.

A princípio, não vi Dona Lavanda. Ela estava em sua cavidade de sempre, o que me surpreendeu um pouco. Achei que teria escolhido um lugar mais seguro: o túnel que Jonas estava escavando sob o abrigo, por exemplo. Mas lá estava ela, contrariando seus próprios decretos, demorando-se sob a lua cheia, totalmente exposta. Equilibrava-se nas patas traseiras numa postura que nem sabia que ainda era capaz de manter. Tinha ambas as orelhas apontadas para a frente. Sustentava um ar juvenil e selvagem.

Eu me arrastei na direção dela e parei a pouco mais de um metro. Lembro-me de pensar que vovó perceberia minha presença a qualquer momento, já que o vento estava engrossando atrás de mim, vindo do norte. Estava pronto para disparar até o abrigo caso ela me notasse. Seus castigos às vezes eram bem severos. No entanto, tais pensamentos foram apenas passageiros, insignificantes diante do chamado maior que experimentava naquele momento: o impulso selvagem que tanto afetava a suposta calma da superfície da minha tigela. Será que era o meu dom se manifestando? Estou certo de que não. O dom que vovó descrevera era da reflexão, da intuição. E não aquele... aquele desejo urgente de pular a cerca.

Dona Lavanda estava mirando o muro sul. A lua elevara-se acima da antiga faia: cheia, enorme, promissora. Sombras profundas cortavam o Desconhecido prateado. A luz deixava de lado suas obrigações diurnas e fazia o que bem entendia. Dançava através das seteiras que o exército inglês abrira no muro em 1815 e brincava de forma desconcertante sobre os dois túmulos de soldados caídos, fazendo com que suas lápides arredondadas parecessem mamíferos vindo à tona num mar de grama. O memorial aos franceses parecia flutuar como uma boia e projetava uma sombra especialmente assustadora. O monumento tinha uma águia de cimento empoleirada no topo que a lua duplicava em preto na grama.

O lugar inteiro era um palco iluminado, vivo.

Mas inerte.

Até que algo se moveu ao longo do muro.

Olhei para o mesmo ponto que Dona Lavanda fitava: o movimento contornou os túmulos, sumiu e, para meu horror, apareceu de repente muito mais próximo, deslizando lentamente ao longo do muro que levava ao cercado. Eu conhecia aquele prado inquieto muito bem e só podia imaginar que o que estava presenciando era apenas uma manifestação dos suspiros e do farfalhar de sempre que ouvíamos à noite.

Mas, de alguma forma, a ideia não me pareceu correta. Talvez eu não conhecesse o prado tão bem assim. A ameaça dos saqueadores napoleônicos de repente não soou tão improvável, e, quando o vento aumentou e o galho da faia começou suas batidas contra o topo do muro, me peguei tentando encontrar um padrão no ritmo de seus golpes, como se o som pudesse ter algum tipo de sinal.

Estranhamente, naquele momento, Dona Lavanda apoiou-se de novo nas quatro patas como se já tivesse encontrado o que viera buscar. Talvez tenha decifrado uma espécie de mensagem e estivesse certa de que estava tudo bem.

As batidas pararam.

Agora, eu podia distinguir duas sombras mais bem definidas contra o muro — uma mais magra e comprida; a outra, atarracada e pálida. Dona Lavanda esticou-se na direção delas. As duas formas se projetaram das sombras e então desapareceram.

❖

Final de novembro: anoitecer. Eu estava divagando perto da cerca de arame antes do jantar, quando vovó esbarrou em mim um tanto abruptamente.

— Você nunca os vê, William? — perguntou, irritada.

Do que ela estava falando?

— Não. — Pareceu-me a resposta mais segura.

— Bem, então você não os sente? É o horário perfeito para isso.

— Acho... acho que não. — E acrescentei baixinho: — Quem?

Apreensivo, lembrei-me da noite de lua cheia e das sombras junto ao muro.

— Feche os olhos — ordenou ela.

Obedeci. Mas só conseguia pensar no jantar. Estava tarde, frio, e eu estava faminto demais para aprender qualquer coisa. O vento jogou um punhado de folhas secas contra a cerca, me confundindo ainda mais.

— Você não está se concentrando — disse vovó. *Como ela sabia?* — Agora sim — observou. *Certa de novo.*

Em seguida, acariciou com o nariz meu pelo no sentido contrário, bruscamente.

— Quase seis mil homens morreram neste lugar num único dia.

Eu já sabia disso. Qualquer menção ao assunto provocava, na maioria das vezes, as conversas mais escabrosas na colônia. Jonas, bem à vontade com o tema, se estufava todo e descrevia em detalhes as pilhas de cadáveres humanos extirpados de roupas e a fossa comum junto ao Portão Sul em que foram jogados e queimados. Por que os jovens sempre se interessam por essas coisas?

— Observe direito! — intimava vovó. — Talvez, sem os muitos anos de prática, você não consiga sentir o que eu sinto. Mas qualquer noviço é capaz de detectar algo de diferente no ar deste lugar.

Ela já nos ensinara a teoria por trás daquele tipo de comentário. Dificilmente a percepção é imediata, dissera. Leva tempo. Primeiro você tem que afinar seus sentidos: é preciso reduzir todos os movimentos corporais e mentais e alinhar suas orelhas corretamente. E não olhe as coisas de muito perto. (Se tem um bicho que precisa de óculos de leitura são os coelhos.) Demora um pouco até se abrir dentro de você um espaço amplo o suficiente para as ideias entrarem.

Em nossa primeira aula, Dona Lavanda nos fez mirar a torre da capela por uma hora inteira.

— Já contei a vocês várias vezes o que aconteceu ali — disse ela. — Ninguém prestou atenção? Os feridos foram levados para dentro da capela; o fogo lambeu, atravessou a porta e chamuscou apenas a base do crucifixo. Então as chamas recuaram de repente. *Por quê?* Abram essas cabeças! Estudem os detalhes. Mantenham-se atentos às vibrações. A capela, afinal de contas, foi cenário de grande sofrimento. Foi o deus humano que a salvou? — Ela parou para mastigar a ração seca. — Foi o destino? — E, resignada, perguntou: — E a nossa deusa? Será que chegou a tempo de apagar o fogo?

Jonas aguentou sete minutos de observação. Caillou teve que ir ao banheiro depois de três. Spode, na certa para impressionar a amada, continuou por mais duas horas, muito depois de a própria Dona Lavanda encerrar a aula e sair para almoçar. Já eu, fiquei lá por uma boa meia hora, depois da qual meus quadris começaram a tremer com a inquietação de sempre, e fui observar o prado.

Agora, com o vento cortante de novembro vindo dos campos, havia algo na voz de vovó que me fazia sentir como se eu estivesse na aula de observação novamente.

Ela afagou meu pelo severamente.

— Ouça o trânsito de almas, William. — Havia um tom incomum de súplica em sua fala. — Este lugar tem almas suficientes para deixar o ar levemente carregado, como orvalho. Você, entre todos os meus parentes, tem que ser capaz de sentir isso. Os campos são bem vastos, mas ainda assim o trânsito é muito intenso.

— Você consegue vê-las, vovó?

— Às vezes. Por aquela brecha no muro leste. — Ela apontou os tijolos caídos no fim do prado. *Era isso que ela estava olhando na noite de lua cheia?*

Eu conhecia aquela brecha muito bem. Em meus devaneios, às vezes imaginava o duque de Wellington cavalgando ao longo do muro pelo pomar.

— A culpa as impede de descansar — prosseguiu Dona Lavanda. — Elas se incomodam muito menos com o fato de que foram *mortas* do que com o fato de que *mataram*.

Não tenho ideia de como ela sabia disso. Mas minha avó dizia esse tipo de coisa e em seguida ficava calada por três dias. E seu silêncio abarcava todo tipo de distúrbios — coisas não identificadas, do tipo que não se quer contemplar quando as sombras se alongavam sobre o muro sul.

❖

Emmanuel não era bastante sagaz para cuidar de nós direito, era velho demais para aprender e, sem dúvida, gordo demais para andar de bicicleta. Mas, de vez em quando, era obrigado a fazer uma dessas coisas, e foi na manhã em que precisou executar todas as três que o deslize aconteceu.

A princípio, não soubemos bem o que pensar do portão aberto.

De repente, de modo muito suspeito, estávamos livres. O portão balançava ao vento, emitindo um lamento triste como sempre fazia quando estava aberto. Mas foi estranho: depois da incredulidade inicial, não ficamos muito felizes com a situação. Isso é bem comum, não é? Você quer tanto uma coisa que não consegue pensar em mais nada; você a cobiça só para si, sonha acordado com ela e passa noites nutrindo a ideia, até que passa a se relacionar com o mundo a sua volta apenas pela metade. A vontade se torna obsessão, e a obsessão o deixa exausto. E aí o milagre acontece: você consegue o que queria. Mas, depois de tudo isso, você se pergunta por que o que aconteceu não era bem o que tinha em mente.

Tudo o que posso dizer é que, naquela manhã de outubro, com a bruma circulando as árvores ancestrais de Hougoumont como uma mortalha, avistei a Lua pela primeira vez e não gostei muito do que vi.

Ficamos vagando indecisos na passagem onde antes havia um portão — e que agora, estranhamente, parecia incompleta, como se o portão realmente devesse estar ali. Ainda podíamos escutar o barulho da bicicleta de Emmanuel se afastando pela rua. Ele na certa achou que havia encerrado o dia e não voltaria mais.

— Nem sempre a liberdade é o que se espera — gostava de dizer Dona Lavanda, talvez para tornar nosso encarceramento menos penoso. — Ela pode ser uma coisa boa em termos abstratos, mas, no mundo real, alguém sempre paga por isso.

Mal sabíamos que essas palavras logo seriam postas à prova. Claro que eu não era o único a repassar mentalmente suas três ordens costumeiras: "Olhe para cima! Use o nariz! Conecte-se!" (*Sobretudo quando as coisas não parecerem certas*, acrescentava ela com frequência.) Lembro-me bem de que, no meio de toda aquela confusão do portão aberto, vários de nós estavam olhando para cima, os narizes contraindo-se no dobro da velocidade normal. As coisas, afinal, estavam longe de parecer certas.

Talvez o mais estranho a respeito daquele momento de liberdade duvidosa foi que não havia o menor sinal da própria Dona Lavanda em lugar nenhum. Vovó havia se retirado para o abrigo — algo que apenas mães amamentando e coelhos doentes faziam durante o dia. Outra de suas mensagens criptografadas, pensei mais tarde... uma que eu deveria ter sido capaz de interpretar.

Daquele ponto em diante, agimos por instinto irracional. Num impulso — provavelmente para impressionar Jonas —, fui o primeiro a me aventurar para fora do portão. Jonas me seguiu. Era como se o príncipe de Orange e o marechal Ney estivessem um atrás do outro, numa missão historicamente impossível.

Os outros vieram atrás sem protestar, com Caillou no fim da fila. Seguimos pelo muro interno da propriedade até a porteira pela qual as vacas atravessavam para ir do celeiro ao prado. Mesmo naquela época, a fazenda já estava se deteriorando. Os tijolos do muro estavam cobertos de tumores de musgo macio. Tivemos que nos espremer para transpor uma selva grotesca de urtigas gigantes e videiras espinhosas. A hera cobria todas as passagens que havia.

Por fim, vencemos a selva e passamos facilmente por baixo da porteira das vacas.

De repente, lá estávamos, no coração ferido de Hougoumont.

A magnitude daquilo deve ter atingido a todos nós ao mesmo tempo, pois, assim que contornamos a pequena capela, paramos juntos num amontoado. Era como se uma miríade de histórias de dormir tivesse se tornado perturbadoramente real. A própria história parecia estender a mão fria para nós. Ali, na nossa frente, estava o grande celeiro com sua varanda; à direita, o caminho que levava ao famoso Portão Norte; à esquerda, a casa do jardineiro, inescrutável com suas janelas fechadas. Sob nossas patas, as pedras de pavimentação formavam padrões antigos. O mato e o musgo haviam se infiltrado entre elas, pincelando o pátio com um verde onírico. Alguém havia deixado uma coroa de papoulas junto à parede da capela. Tirando esse lampejo carmim de vida, não havia um movimento sequer, nenhum som. Até a morte, tendo se banqueteado ali, parecia ausente.

Caillou foi o primeiro a quebrar o silêncio:

— É este o celeiro para onde eles levaram o tocador de tambor francês?

— Eles provavelmente o levaram para o *château*, por segurança — fungou Spode, sempre professoral.

— Achei que o *château* estava pegando fogo — contestou Jonas.

— Isso foi depois... — desconversou Spode.

— De onde ele era? — perguntou Caillou. — Qual era o nome dele?

— Ninguém sabe — respondeu Spode.

— Não gosto daqui — reclamou Berthe, tremendo muito.

Estávamos todos murmurando baixinho, sentindo a atmosfera pesar sobre nós. Não havia vento no pátio, a bruma de outono era como uma camada leitosa e espessa no ar. Talvez fosse muito adequado que Dona Lavanda viesse à mente naquele momento, ainda que estivesse curiosamente ausente na aventura frenética. *O lugar em que ocorreu um grande conflito deve ser fonte de muita reflexão. Se não for o caso, então foi tudo em vão.* Não sei se as palavras de vovó surgiram na cabeça dos outros, mas sem dúvida estavam ecoando na minha, e parecia um sacrilégio não parar no meio daquele pátio e honrar o sangue ali derramado.

Todos nos detivemos por um momento. (Mas apenas um, afinal, coelho nenhum se sente seguro num lugar aberto.)

As senhoras Eaton sempre se demoravam ali no pátio quando visitavam a fazenda. Às vezes, mur-

muravam as palavras de sua mentora, pois a própria Charlotte Eaton visitara Hougoumont um mês depois da batalha:

"O *château* em si, elegante residência de um nobre belga, pegou fogo com a explosão das bombas durante o ataque, o que deu continuidade ao estrago provocado pela descarga dos mais furiosos canhões. As paredes destruídas e o telhado caindo aos pedaços eram o mais melancólico dos espetáculos... as enormes vigas escurecidas haviam caído em todas as direções sobre as pilhas de pedra e gesso pulverizados que, por sua vez, se misturavam aos cacos do piso de mármore, das cornijas esculpidas e dos espelhos dourados que um dia decoraram a construção."

(Tudo isso pode parecer muita atividade mental para um único instante, mas é impressionante o que o cérebro sob pressão é capaz de fazer.)

O momento então ficou para trás. Importância histórica nenhuma iria nos deter por mais tempo. Em fila, passamos pela casa do jardineiro em direção ao Portão Sul. Ao chegar a ele, paramos mais uma vez, assustados: também estava aberto! Será que Emmanuel havia mergulhado numa fase nova e delinquente? Será que o fazendeiro tinha saído? Na dúvida, saltitamos apressados pelas pedras do calçamento e nos agrupamos de novo num amontoado sob o arco de pedra.

O arco de pedra! Deve ter sido aqui que o soldado Matthew Clay encontrou o tocador de tambor! Fiquei emocionado diante da ideia, embora a empolgação logo tenha perdido seu brilho histórico e se transformado em medo puro e simples.

Caillou foi o primeiro a atravessar o arco. Não por uma bravura superior, claro, mas porque, sendo o tampinha do grupo, viu-se tragado pelo furacão de pelos e expelido do outro lado feito o seixo que era, como se tivesse sido cuspido por uma máquina. *Como Dona Lavanda podia ter adivinhado ao escolher aquele nome para ele?* O bichinho estava agora disparando rumo ao campo atrás das castanheiras, e me perguntei se vovó havia previsto aquele fatídico dia desde o início e batizado Caillou com o nome do quartel-general que Napoleão estabelecera na véspera de sua derrocada.

Ficamos observando o nosso baixinho, apavorados demais até para chamar seu nome. Caillou havia cruzado a vala no fim do campo e atravessava o vasto Desconhecido em saltos assustados e patéticos. Sua pelagem cinza podia ser vista a quilômetros de distância.

Fui eu o primeiro a notar o gavião? Não me lembro. Como aprendi com Dona Lavanda, estava olhando para cima, obediente, embora todos os outros estivessem ignorando suas instruções e acompanhando o avanço do pobre Caillou. Portanto, sim, provavelmente fui o primeiro a perceber a silhueta corcunda no alto de uma das castanheiras.

Permitam-me fazer aqui uma pausa em prol daquelas árvores.

Aquelas árvores...

Testemunhas. Juízes. Confidentes. Você pode chamá-las do que bem entender, mas não pode ignorá-las.

Os portões principais de Hougoumont ficam nas laterais norte e sul da fazenda. O primeiro ataque francês veio do sul, pelo bosque que já não existe mais. As três castanheiras atormentadas que ficam bem na frente do pátio e do Portão Sul são tudo o que sobrou da floresta. Duas delas, mortas, parecem ter enrijecido em efígies de cera. Desprovidas de sua casca, são tão pálidas quanto os corpos nus que foram jogados no fosso aos seus pés. Parecem obeliscos de base larga, os troncos afilando-se no alto, e são uma visão monumental.

A terceira está viva — ainda que agonizante, como se estivesse sendo mantida pela intervenção desastrada do deus de alguém. No outono, suas folhas ficam manchadas como as mãos de um velho fazendeiro, e, pequenas e adoentadas, as castanhas pendem em aglomerações intrépidas. Mas, como suas companheiras, a árvore porta as cicatrizes de feridas profundas e tem o cimo sem vida. É como se estivesse lenta e eloquentemente morrendo de cima para baixo.

A castanheira viva é claramente visível do Portão Sul, então víamos bastante bem que, lá no alto, com a silhueta bem marcada contra o céu, havia um agente da morte.

Também podíamos ver Caillou — digo, aqueles entre nós que não estavam preocupados com o que havia na árvore. Estava saltando sulcos profundos no campo agora, o pânico suprimindo por completo qualquer resquício de pensamento racional — ou mesmo de instinto. Esse instinto deveria tê-lo avisado para manter-se grudado junto ao chão ou pelo menos para procurar uma toca e correr na direção dela. Eu olhava não só para o gavião, mas para o céu encoberto atrás dele, me perguntando se a Lua iria aparecer em algum momento e pensando que agora seria uma boa hora.

O gavião não parecia ter pressa. Ele baixou de seu poleiro languidamente, com um leve *vump* das asas, como se não fosse uma máquina sofisticada de caça, mas um pombo em seu voo, aproximando-se para ver se encontrava alguma semente perdida.

Tudo o que se ouviu foi um guincho assustador... o tipo de som que o persegue pelo resto da vida.

Todo e qualquer movimento sob o arco cessou, como se uma varinha de condão tivesse passado por cima de nós. Desafiando todos os instintos, abri caminho por entre os outros em tempo de ver o gavião sobrevoar bem alto o muro sul. Voava mais devagar, por causa do peso, e eu podia identificar um flácido objeto cinza-claro pendendo de suas garras antes de a bruma engolir os dois, pelos e penas.

Mantivemos nossa formação por um tempo. Mais tarde me dei conta de que devíamos parecer um daqueles quadrados em que as tropas de Wellington se arrumavam no grosso da batalha. Formações desse tipo nunca me pareceram muito justas para os que ficavam na face externa do quadrado, que era exatamente onde eu estava naquele momento, embora, em uma de minhas aulas sobre Waterloo, Dona Lavanda tenha me assegurado de que os quadrados de Wellington foram muito eficazes para deter as cargas de cavalaria. O que não era de grande valia diante de um gavião, se é que você me entende, mas há que se perdoar Dona Lavanda por não ser versada em todos os aspectos de formações de batalha.

Observei a neblina grossa que engolira Caillou e seu destino. Quase na mesma hora, a névoa começou a se abrir e a se dissipar sobre os campos, como se já tivesse cumprido seu papel como uma das personagens e se retirasse para o intervalo. Acompanhei as nuvens fantasmagóricas, torcendo para ter um vislumbre do enigmático ser que Dona Lavanda mencionara tantas vezes. Mas a Lua, se chegou a aparecer, foi embora depressa. Fiquei tentado a imaginar que ela tenha descido em sua invisibilidade, agarrado Caillou pela pata e o afastado dali gentilmente, como vovó dizia que ela fazia toda vez que alguém morria. Mas agora nós sabíamos com certeza que aquilo não era verdade. Havia duas dúzias de coelhos olhando para cima, afinal de contas; vimos exatamente o que acontecera. Talvez a Lua tenha se disfarçado de gavião, e o guincho aterrorizante de Caillou tenha sido por causa da transfiguração e não de angústia. Mas isso daria uma escritura muito da complicada, e esses assuntos já são complicados o bastante.

Um tiro de mosquete nas costelas, o mergulho de um gavião... a morte vem numa variedade infinita de disfarces. Mas uma vez que chega, tem sempre a mesma cara — pelo menos para mim. Já tinha visto montinhos inertes de pelo presos à cerca e sentido aquele cheiro conhecido de caça no abrigo vezes o suficiente para saber quando a morte havia nos visitado. Sei que não cheguei a ver Caillou depois que morreu. Mas tenho certeza de que até mesmo ele, transformado em refeição tão rapidamente, teria percebido, ainda que por um instante, aquela aura que todos percebem um dia — uma quietude magnética mais poderosa do que a perda ou a tristeza, ou até o amor: a marca do arrebatador retorno para casa.

Não havia tempo a perder. Voltamos apressadamente para o cercado, deslizando sobre as pedras escorregadias e driblando com pulinhos outros possíveis gaviões da região que tivessem ouvido sobre o banquete disponível em Hougoumont. Então nos esgueiramos pelo portão aberto e corremos direto para o abrigo — contrariando nosso hábito, já que ainda era meio-dia. Emmanuel não iria aparecer por um ou dois dias, dependendo de se se lembraria ou não de ter passado no cercado àquela manhã, e o fazendeiro quase nunca vinha ver como estávamos. O que significava que o portão passaria a noite aberto.

Dona Lavanda nos cumprimentou secamente e voltou ao silêncio sepulcral em seu canto do abrigo. Ninguém pronunciou o nome de Caillou — de alguma forma, não parecia necessário. Vovó aparentava já saber o que havia acontecido; tenho certeza de que tinha consciência de que o nosso tampinha estava condenado. Ninguém pronunciou o meu nome também, felizmente, embora vovó fosse descobrir em breve quem liderara a excursão.

Ao sair do abrigo no dia seguinte, foi direto para sua cavidade e mergulhou em reflexão. Suas orelhas adotaram a posição irregular de sempre. Mas, em certa medida, seu aspecto era mais ameaçador. Com cuidado, sentei na terra um pouquinho mais distante do que o normal. Será que o desastre do dia anterior a fizera se lembrar de sua própria fuga lendária?, me perguntei. Minha imaginação estava a toda. Não podia deixar de especular que sua escapadela, supurando em terreno proibido, havia deixado algo inacabado no âmago do seu ser, que continuava a afetá-la dia e noite. Nossa tragédia obviamente havia se somado ao peso que ela carregava. Seu silêncio estava tão explicitamente carregado com todas as lições que havia nos ensinado que era como se vovó tivesse pendurado um lembrete no arame da cerca. Sem dúvida, parecia que éramos amplamente punidos por seu desprazer mudo e malcheiroso.

Na verdade, não era tão ruim assim me aninhar em meu próprio pedaço de terra para variar. Aquilo me deu uma chance de chegar às minhas próprias conclusões a respeito do dia anterior, por mais inacabadas que possam ter sido, considerando minha tenra idade. Não tenho certeza se estava pensando em algo que vovó nos disse uma vez ou se fui eu mesmo quem inventou aquilo, mas, após a fuga frustrada, me dei conta de que há uma hora ideal para tudo. Lançando um olhar furtivo para Dona Lavanda, considerei que, se ela tivesse mesmo fugido um dia, talvez tenha escolhido a hora errada, e foi por isso que voltou. O segredo é ter paciência. Fazer algo importante na hora errada é pior do que não fazer.

Eu devia ter evitado aquele portão aberto. A hora não poderia ter sido mais errada.

Ajeitei-me sobre a terra. Havia agido sem pensar, saindo do cercado antes mesmo de Jonas, numa aventura que terminou com a morte de um de nós. Agora entendia como era apropriado ter recebido o nome do ingênuo príncipe de Orange. Nem todo mundo considerava seus feitos uma "determinação heroica", como Napoleão. Segundo alguns relatos, num misto fatal de impulsividade e inexperiência, o príncipe fora responsável pelo fim de toda uma unidade de soldados em Quatre Bras.

Talvez eu não tivesse tantas mortes em minha consciência como o príncipe de Orange. Mas tinha a de Caillou. E, naquele momento, arrependimento nenhum, fosse ele de alguém da realeza ou não, poderia se comparar ao meu.

Meu coração sofria pelo pobre tampinha. Eu queria que vovó me oferecesse uma luz sobre o que havia acontecido naquela manhã no Portão Sul. Quer dizer, pense só: uma única morte — sobretudo a morte de uma criatura que a espécie humana considera tão insignificante que se alimenta dela — tem alguma importância universal num lugar onde milhares de homens morreram? (Ou em qualquer outro lugar, aliás?) Para o animal homem, provavelmente não. Mas para nós... para nós... Ah, será que você pode sair um pouquinho da sua mentalidade humana e imaginar o remorso que eu sentia?

Fiquei observando Dona Lavanda sentada, sozinha em sua cavidade, e comecei a entender que ela queria que eu discernisse aquelas questões por minha conta.

Aquele foi o dia em que eu cresci.

4

Jonas podia ser, em termos físicos, o espécime mais exemplar de nossa colônia, mas acho (e não é para me gabar) que eu era um dos melhores alunos. Afinal de contas, eu tinha o privilégio de uma educação superior, por me sentar na cavidade com vovó; e como ela, também era um admirador secreto das senhoras Eaton. Durante suas visitas, eu me demorava junto à cerca, acompanhando cada passo das duas pelo prado. Quando descansavam perto do pombal e Dona Lavanda se aproximava, eu nunca ficava muito longe. Tenho certeza de que as senhoras neve e lua jamais imaginaram que sua leitura em voz alta tão perto do cercado dos coelhos de Hougoumont fosse ser peneirada e analisada pela matriarca de orelhas compridas atrás da cerca, e avidamente registrada por seu jovem discípulo.

A própria Charlotte Eaton viajara de Gante para Bruxelas em 15 de junho de 1815, acompanhada do irmão e da irmã, seguindo a mesma rota ao longo da qual Napoleão Bonaparte fizera o seu progresso triunfante cerca de vinte anos antes. Os franceses haviam entregado o território em 1814 — conhecido oficialmente na época como "Países Baixos Austríacos (do Sul)" —, mas Napoleão, claro, faria mais uma tentativa de conquistá-lo em Waterloo.

À medida que sua carruagem avançava pela *chaussée* ladeada de árvores e parava em estalagens e aldeias ao longo do caminho, Charlotte deparou-se com um ódio e um medo universais dos antigos governantes, uma emoção que irrompia espontaneamente dos locais, "como se não fossem capazes de suprimi-la; seu semblante mudava por completo; os olhos brilhavam com indignação; eles pareciam não ter palavras fortes o bastante para expressar o desgosto de seu ódio". Apesar do rancor persistente, a região rural tinha o aspecto de abundância — de esperança, até. Fazendas verdejantes, casas de campo bem-cuidadas e o milho viçoso eram sinais de prosperidade. Crianças descalças ofereciam flores e, rindo, corriam atrás da carruagem. Quando Charlotte começou sua viagem para o sul, pensou ingenuamente que a paz estava próxima.

Logo percebeu seu engano. No ar quente e abafado daquele junho de duzentos anos atrás, os eventos estavam evoluindo nos bastidores com rapidez sombria. Charlotte Eaton talvez não fosse a leitora de ares mais talentosa, há que se dizer. Mas, se tivesse estudado os detalhes daqueles dias como Dona Lavanda teria feito (acho que foi de uma quinta a um domingo) — se tivesse percebido o imenso presságio contido neles —, certamente teria notado que a natureza estava reunindo medo e pavor em seu peito. O ar, a floresta, o solo e todos os seus ocupantes perceberam que o cataclismo humano era iminente. Mesmo que o mundo natural não tivesse tanta certeza de quando ou onde exatamente a guerra irromperia de novo, ou até de que era o próprio Bonaparte quem estava suspirando à porta (os tiranos humanos são todos iguais, afinal de contas), um aviso havia soado. Os cavalos e o gado se agitavam e se contraíam; os bichos pequenos se enterraram fundo e ficaram à espera. O tempo fechou e chegou, em alguns momentos, a derramar brevemente sua fúria numa premonição.

Quando os Eaton chegaram a Bruxelas, a cidade inteira tinha um aspecto militar. Mas como a elegância de um soldado mascara o seu trabalho! Charlotte ficou maravilhada com as borlas e as dragonas, os fechos, as cruzes e os alamares... coisas que, ao ver num belo rapaz, ninguém imagina tingidas de sangue ou deixadas para trás na lama depois que ele fora jogado numa cova comum. Não seria preciso imaginar... pelo menos não por enquanto.

Os Eaton entraram numa cidade repleta de belos rapazes. Apesar de todos os rumores que carregavam o ar, havia um vigor irresistível no destacamento avançado. As ruas apinhadas pulsavam com confiança e expectativa, como se algo importante estivesse prestes a acontecer, mas não com eles e dali a um bom tempo. Soldados aliados em todas as variedades de uniforme se misturavam com os locais em grupos animados ou caminhavam com senhoras ao longo de uma das avenidas sombreadas do Parque de Bruxelas. Havia soldados ingleses com seus casacos vermelhos e cintos brancos, e os Highlanders escoceses, animados e risonhos, tão famosos pela ferocidade na batalha como pelos *kilts* impecáveis. Apenas os chamados Black Brunswickers, uma unidade sob o comando do amável duque de Brunswick e mantida por Wellington na reserva, maculava a alegria com seu contraponto sombrio. Vestiam-se de negro e cavalgavam cavalos pretos. Na cabeça, usavam barretinas decoradas com caveiras sinistras e plumas de crina preta. A longa e perfeita procissão "parecia um imenso carro funerário em movimento, que alguém poderia interpretar como um mau agouro", observou Charlotte.

O crepúsculo chegou numa névoa úmida. Os despachos voavam do servo ao oficial, do hoteleiro aos hóspedes, da lavadeira aos criados particulares. *A guerra começou! Mas quão longe você acha que é?*

Os franceses são muitos? Onde estão os prussianos? Não havia informação confiável em lugar nenhum. O humor em Bruxelas evoluiu numa imensa curva emocional: das profundezas do pânico dos franceses, às alturas do alívio incrédulo, e de volta aos franceses.

O dia se demorou, como acontece nos junhos do norte.

A noite caiu.

Depois do jantar, os oficiais colocaram suas meias e sapatos de dança: o baile da duquesa de Richmond iria acontecer como planejado.

❖

Agora, se não se importam, eu gostaria de reduzir um pouco o palco dos eventos — bem, abreviar bastante, na verdade. Mais especificamente, para o tamanho do nosso abrigo. Pois era ali, no mormaço agradável de parentes pegando no sono, que Dona Lavanda às vezes nos levava para o baile da duquesa de Richmond.

Como você já deve ter percebido, vovó não era bem uma sentimentalista e preferia se concentrar nas estratégias militares: formações de batalha, cargas de cavalaria e esse tipo de coisa. Por isso, não era sempre que nos contava aquela história. Tenho minhas suspeitas de que tinha que forçar o tom sonhador que usava para a cena do baile — um feito nada fácil para uma velha coelha cínica. Mas seus esforços eram bem-sucedidos, pois eu só tinha que fechar os olhos para adentrar facilmente numa sala comprida de teto rebaixado.

O duque de Richmond havia alugado a propriedade na Rue de la Blanchisserie, em Bruxelas, de seu vizinho, um fabricante de carruagens. O próprio Richmond estava no comando de uma força de reserva para proteger Bruxelas no caso de uma invasão surpresa de Napoleão. Afinal, Bonaparte era um adversário astuto. Com ele, tudo podia acontecer. Mas, apesar dos relatos conflitantes sobre seus movimentos, todo mundo achava que o imperador ainda estava longe, e, dadas as circunstâncias, talvez um pouco de festa mantivesse o destino a distância por mais algumas horas.

Em retrospecto, o baile foi uma reunião de borboletas no sopé de um vulcão fumegante.

O "vulcão" era Quatre Bras: o cruzamento ao sul de Waterloo que viria a ser o prelúdio da erupção em grande escala. Já tinha ouvido falar no cruzamento. Dona Lavanda sempre se referia a ele quando contava a história do baile, assim nunca nos esquecíamos que a guerra estava esperando a hora certa, *logo ali fora*, diria ela, apontando para a entrada do abrigo.

— Bem diante da janela de Richmond.

Quatre Bras era um cruzamento desconhecido no interior do país (literalmente, significa "quatro braços"). Milho alto, mata densa, quatro casas de telhado triangular, fechadas e atentas. Estava tudo brilhando numa miragem de calor. E quietude: não exatamente uma paz bucólica, mas um outro tipo de quietude... aquela que pressagia um terremoto, uma tempestade. Bicho nenhum teria ignorado aquilo.

— Ah, os animais sabiam o que estava prestes a acontecer — disse vovó. — Os que podiam fugiram. Os outros... — Fez uma pausa dramática. — Tudo o que os outros puderam fazer foi tentar se proteger, rastejar para os submundos mais profundos. Lembrem-se de Thomas Hardy!

E nós nos lembrávamos — bem, a maioria de nós lembrava a passagem sobre os coelhos fugindo. Mas eu havia memorizado o restante do poema de Hardy sobre Waterloo e até sussurrava seus versos em voz alta de vez e quando, só para honrar nossos fadados vizinhos, embora, invariavelmente, tivesse que parar depois da minhoca angustiada:

> "... A minhoca se pergunta o que pode haver
> acima de si,
> E cava fundo seu caminho para fugir de cena tão
> macabra,
> Supondo que está segura; pois não pode saber
> Que por uma vil torrente rubra vai ser
> encharcada!..."

Os festejos dos Richmond continuaram até de madrugada. Dona Lavanda os descrevia tão bem, apesar da preferência pelo mundo militar! Tanto que até hoje sou capaz de ouvir a música — as danças animadas e as melodias harmoniosas, os sapatos batendo de leve no piso de parquê. Posso sentir o ar quente e úmido, carregado com os perfumes e o cheiro dos cogumelos que seriam servidos para a ceia (não necessariamente como acompanhamento para coelhos, ela nos assegurou). O salão de teto rebaixado foi decorado com papel de parede de treliça cor-de-rosa e suntuosas cortinas vermelhas, douradas e pretas. Os pilares, envoltos em fitas e flores. E eles dançaram quadrilhas escocesas e francesas; as filas de damas e de cavaleiros esplendorosas. Os jovens elegantes com seus uniformes tomavam cuidado com o braço das moças, mais acostumados que estavam com os canos de mosquetes. O príncipe de Orange e o duque de Wellington estiveram presentes, mas só de passagem, já que estavam a poucas horas das primeiras salvas da batalha. Ninguém poderia descrever o baile melhor do que vovó:

> "Não parem a dança! Que a alegria corra desimpedida;
> (...)
> Mas, escutem! Aquele estrondo irrompe uma vez mais,
> Como se as nuvens seus ecos repetissem;
> E mais perto, mais nítidos que antes, ainda mais mortais;
> Às armas! Às armas! É ele, é ele, o rugido que o canhão faz!"

Alguns de vocês devem ter percebido que essas, na verdade, não são palavras de Dona Lavanda, mas sim de Lord Byron, embora ninguém possa culpá-la por se esquecer de mencionar isso no calor da narrativa. Nós, ao menos, não ligávamos a mínima. Quando vovó começava a citar Byron, já estávamos com a cabeça muito longe do abrigo, no baile.

Infelizmente, os convidados mais importantes não puderam ficar para a ceia. Por volta das dez horas chegou um comunicado de Quatre Bras para o príncipe de Orange, anunciando que os franceses haviam repelido os prussianos no nordeste de Charleroi, um ataque surpresa e muito mais cedo do que o esperado. O príncipe deixou a festa na mesma hora; Wellington continuou a sorrir, educado, por uns vinte minutos mais ou menos, e se retirou discretamente. Antes do amanhecer, um clarim soou na Place Royale uma, duas vezes: o inconfundível chamado às armas. Na mesma hora, os tambores começaram a retumbar. Gaitas de foles ecoavam o *pibroch* — a convocação das Terras Altas escocesas. O alvoroço acordou Charlotte Eaton e sua irmã, hospedadas num quarto de hotel com vista para a praça. (Não haviam sido convidadas para o baile.) Pela janela, observaram o tumulto e o clamor das armas, das ordens sendo proferidas e da movimentação das carroças. Viram até algumas mulheres montando seus cavalos para acompanhar os maridos na batalha.

No salão dos Richmond, determinou-se que os oficiais deveriam deixar o baile discretamente e retornar às suas unidades. Os soldados se apressavam pela noite, saindo às ruas e voltando diversas vezes para seus entes queridos, incapazes de enfrentar o último e inevitável adeus. Cabos de mosquete batiam contra as pedras do calçamento. Cavalos relinchavam, derrapando nas pedras escorregadias, o baque de seus cascos no calçamento era pontuado por comandos vociferados em tons graves. Alguns soldados ainda usavam a meia de seda e os sapatos de dança em sua marcha para a guerra.

Vários deles jamais dançariam novamente.

❖

Existem diversos relatos conflitantes a respeito de Quatre Bras.

— Na minha opinião — (vovó sempre terminava sua história sobre o baile com este comentário) —, quem tomou a iniciativa e segurou os franceses até que os reforços chegassem foi o príncipe de Orange. Acho que não dão a ele crédito suficiente. É bem verdade que tomou algumas decisões imprudentes no campo de batalha. Tinha apenas 23 anos, afinal. Mas era um menino corajoso. O próprio Napoleão disse isso, num de seus muitos momentos de ócio em Santa Helena.

Eu sabia que vovó considerava o príncipe um cabeça de vento em muitos aspectos. Mas ela também o chamava de valente e impulsivo, e o comentário mais do que compensava qualquer desprezo implícito ao me batizar com o nome dele. Vovó também dizia:

— Não tem nada pior do que saber que você poderia ter feito algo e não o fez.

Dona Lavanda insistia que Wellington não estava à vontade no baile, fora só para manter os ânimos da população. *Não teve nada de descontração, William.*

De fato.

Mas eu nunca prestava muita atenção quando Dona Lavanda tentava diminuir meu prazer com o baile. Simplesmente não conseguia afastar a imagem do duque mirando o papel de parede com padrão de treliça, os olhos cheios d'água, o coração amolecido por causa de uma ou outra moça, enquanto, na verdade, ao anuir e sorrir educadamente para as damas, estava, claro, fazendo avaliações, estratégias, galvanizando e postulando, entre outras atividades complexas sobre as quais os homens inferiores têm conhecimento escasso.

Quando chegou ao baile a informação de que Napoleão havia cruzado a fronteira, Wellington e Richmond se retiraram à sala particular do anfitrião.

— Por Deus, Napoleão me passou a perna! — declarou Wellington. — Ele tem 24 horas de marcha de vantagem.

Os dois se debruçaram sobre um mapa. Wellington apontou com o polegar uma pequena vila 15 quilômetros ao sul de Bruxelas: Waterloo.

— Se não o detivermos em Quatre Bras, vou ter que lutar contra ele aqui.

Como o jovem romântico que eu era, dá para entender por que preferia uma versão mais sonhadora do baile.

❖

Quando ia ao baile, não me importava muito com quem ganhou ou perdeu, ou quem disse o quê para quem. Nunca tinha muita dificuldade em encontrar aquele lugar confortável, cheiroso e finamente decorado em minha cabeça. Talvez fosse a proximidade da família antes de dormir, o calor das pelagens e a umidade silvestre que, aliados à fala morosa e reconfortante de vovó, transformava o abrigo no cenário mais ilustre. Até hoje, quando tenho dificuldade para pegar no sono, me transporto para aquele salão suntuoso. Imagino o barulho dos sapatos de dança batendo no chão de madeira, o farfalhar da seda, o burburinho elegante. E sempre, antes de me entregar ao sono, vejo Arthur Wellesley, o primeiro duque de Wellington, com seu uniforme vermelho, rodeando o salão, o rosto contrito de preocupação. Suas botas não emitiam som algum, claro. O duque estava acima desse tipo de coisa. Também não estava completamente em foco, tremeluzia nebulosamente, como a bruma das madrugadas de outono na parte mais distante do prado. O alto colarinho bordado que usava mantinha seu queixo elevado, e o alamar dourado que pendia de seu ombro acompanhava seus movimentos. Nos olhos, o brilho frio e constante do dever...

— Cuidado para não idolatrar Wellington demais, William. — Ninguém melhor do que vovó para estragar um bom devaneio. — Não tem nada mais enfadonho do que um herói de conto de fadas. Sabia que a mãe dele o descreveu como "estranho" e que ele era um estudante mediano? Wellington podia ser frio, distante, controlador. E aposto que você não sabia que os soldados o chamavam de "Velho Intrometido" por causa de seu nariz proeminente e também de sua curiosidade.

Eu não sabia bem aonde ela queria chegar com aquilo tudo. Nunca conheci alguém mais frio, distante e controlador que Dona Lavanda, embora a amasse profundamente. Todos nós temos defeitos, não? Talvez tais heróis "enfadonhos" e tão irritantemente gloriosos tenham um papel especial a desempenhar no sentido de compensar as nossas próprias fraquezas, mesmo que, na realidade, suas façanhas fossem tudo menos perfeitas.

Eu raramente contestava minha avó cara a cara nesse ou em qualquer aspecto. Mas devo confessar que o desempenho mediano de Wellington na escola, sua frieza, seu grande nariz... a bisbilhotice... nada disso manchava a imagem do robusto duque de ombros largos, que se movia com elegância em minha imaginação e a quem eu adoraria chamar de "Velho Intrometido" caso houvesse tido a sorte de nascer naquela época como um ser diferente do que sou, um que usasse uniforme vermelho.

❖

O conflito em Quatre Bras foi tão feroz que pôde ser ouvido em Bruxelas, a quase oitenta quilômetros de distância. Os tiros de canhão continuaram ininterruptos por todo o dia 16 de junho, enchendo a população de medo e suspense. Ninguém sabia ao certo o que estava acontecendo no front. Os rumores confirmavam o pior — que os franceses logo invadiriam a cidade —, apenas para serem contrariados pelos últimos a vir do campo de batalha ou por cidadãos que chegavam às suas próprias e aleatórias conclusões.

Nas esquinas, nas lojas, nas confeitarias e nos cafés, os moradores levavam as mãos ao rosto, em desespero. *Os belgas abandonaram as armas e desertaram! Os franceses estão fechando o cerco a Bruxelas*, nom de Dieu! Explodiram tumultos nas praças da cidade. *O que você está falando, seu idiota? O malandro do Blücher deu uma coça nos franceses!*

Não se podia acreditar em nada nem em ninguém.

As pessoas correram para casa para juntar suas coisas e fugir. O Parque de Bruxelas, que tão pouco tempo antes fora cenário de uniformes elegantes e damas passeando, estava deserto. Charlotte Eaton percorria seus caminhos e frequentava os bulevares e as praças da cidade, na esperança de obter alguma notícia, sem saber muito bem o que fazer. Ao fim do dia, os canhões pareciam mais altos e mais próximos. Lá pelas nove da noite, houve uma última e imensa explosão, e, após um longo tempo, o som diminuiu e desapareceu.

Que diferença teria feito a Charlotte se pudesse fazer uso da intuição de um lagomorfo naquele dia! Sem ela, incapaz de discernir a natureza e a localização exata das hostilidades ou avaliar o grau de ansiedade e dissimulação que a voz e a linguagem corporal podem trair, só havia uma coisa sensata a fazer: fugir.

Todos os animais que estavam perto de Waterloo sentiram que ia acontecer alguma coisa. Os que podiam foram embora...

Charlotte Eaton não era uma Dona Lavanda. Mas mesmo sem uma habilidade muito apurada em interpretar o ar, sabia que teria sido loucura permanecer em Bruxelas.

Quando ela e os irmãos chegaram a tal conclusão, no entanto, as pessoas estavam deixando a cidade em debandada. Não havia mais cavalo disponível em lugar nenhum. As carruagens eram tomadas à força. Em cada esquina, havia um burburinho frenético de idiomas reclamando, discutindo, exclamando, implorando. O mal espreitava logo ali, na saída da cidade, vestindo o uniforme francês. A simples ideia era uma ameaça à ordem pública, muito embora vários corações estoicos tenham decidido ficar para ajudar quando as carroças trazendo mortos e feridos começaram a chegar a Bruxelas.

No Hôtel de Flandre, na Place Royale, onde os Eaton estavam hospedados, os quartos foram abandonados às pressas, as portas escancaradas exibindo as velas ainda acesas lá dentro. No primeiro andar, "com um semblante revestido de aflição, a dona do hotel carregava sua bandeja mais valiosa, a fim de escondê-la, proferindo incessante e, creio eu, inconscientemente o nome de Jesus; enquanto seu esposo, com uma touca de dormir vermelha na cabeça e o eterno cachimbo pendurado mecanicamente no canto da boca, permanecia imóvel com as mãos nos bolsos, uma silenciosa estátua do desespero."

Os primeiros feridos começaram a aparecer: prussianos e belgas, cada um portando seu próprio horror descrito na sujeira e no sangue. Para um soldado, esse poslúdio à guerra era tão corriqueiro quanto um boi abatido para um fazendeiro.

Mas não para uma dama inglesa.

"O instante em que vi pela primeira vez alguns daqueles infelizes foi, acho, um dos mais dolorosos que já experimentei", escreveu Charlotte, "e em pouco tempo, muito pouco tempo, eles estavam chegando aos montes. A cada solavanco das lentas carroças contra o calçamento irregular, era como se pudéssemos sentir a dor excruciante que eles deviam estar sentindo."

Os Eaton, enfim, conseguiram uma carruagem, e, em 17 de junho, eles e milhares de outros tornaram-se refugiados. Lentamente, cautelosos, seguiram para a Antuérpia, onde tinham melhor chance de encontrar uma embarcação de volta para a Inglaterra, caso as coisas chegassem a esse ponto.

O dia estava abafado, a viagem foi opressiva e angustiante. Com os semblantes soturnos, cada viajante portava em silêncio o peso da realidade que se desdobrava a poucos quilômetros dali, onde os feridos jaziam desamparados no campo de batalha sob o mesmo calor causticante, sem água ou abrigo. Senhoras cujas vidas se centravam em salas de visita confortáveis testemunhavam horrores que as mudariam para sempre. Por semanas, para elas, a guerra fora apenas palavras animadas e empolgantes. Agora sabiam a verdade: língua civilizada nenhuma poderia descrever o que estava acontecendo num local ao alcance de sua audição.

O amável duque de Brunswick foi uma das primeiras vítimas em Quatre Bras.

Os sorridentes e cordiais Highlanders foram quase completamente dizimados.

Uma torrente de sofrimento inundou a Antuérpia, lotando todos os hospitais, hotéis, pousadas, cabanas e barracas disponíveis. Soldados feridos eram alojados com cidadãos comuns. Os menos afortunados definhavam em soleiras, debaixo de pontes, nas praças da cidade. Inúmeros outros, abandonados pela Providência, expiraram em cima das carroças que os retiraram do campo.

Entre as vítimas, havia soldados franceses que eram tratados como os demais. A lógica perversa da guerra começou a se insinuar em meio ao horror, e, pouco a pouco, a desumanidade revelou-se, e a visão de sua crueza explícita venceu o ódio e a suspeita que ela causara em primeiro lugar.

A sociedade afrouxou suas defesas em todas as frentes de batalha.

"Em meio à gravidade da crise, uma sensação operou-se em cada coração, uma ideia motivou cada língua, um interesse comum uniu todos os seres humanos. As patentes se confundiram, todas as distinções foram banidas, britânicos e estrangeiros estavam em pé de igualdade..."

Os Eaton se hospedaram no mesmo hotel onde o cadáver do duque de Brunswick ocupava um quarto. O corpo já havia sido embalsamado, e, durante toda a noite, até bem tarde, militares britânicos e estrangeiros se enfileiraram para prestar suas homenagens.

Já passava de meia-noite quando Charlotte se viu sentada sozinha, ouvindo a chuva recomeçar com toda a intensidade de antes. Em meio ao dilúvio, podia distinguir outros sons, do medo tomando as ruas, das carruagens passando e dos refugiados batendo às portas em tentativas vãs de encontrar abrigo.

Por fim, o clamor se assentou e a tempestade abafou os barulhos da noite.

Em algum momento antes do amanhecer, batidas distintas quebraram o silêncio: alguém estava pregando a tampa do caixão do duque de Brunswick.

❖

Na manhã seguinte, a praça diante do hotel era um mar de guarda-chuvas com as pessoas em busca de notícias.

Era domingo, 18 de junho de 1815.

5

Numa tarde abafada de junho, eu estava recostado na cerca de arame sem pensar em nada, quando Dona Lavanda abriu uma fenda estreita entre as pálpebras.

— Em breve você irá embora — disse.

O comentário me pegou desprevenido, como uma castanha caindo do galho.

Sua voz soava abafada e ligeiramente ameaçadora. Afastei-me da cerca devagar, momentaneamente atordoado pela premonição.

— Mas eu vou voltar, não vou? — arrisquei.

— Não.

— Nunca?

Dona Lavanda voltou a seus pensamentos. Ao longe, trovões castigavam os campos e o ar ficava mais denso.

— Nunca — disse, por fim.

Suas verdades sempre se encerravam incontestáveis, como o fechar de uma porta de gaiola bem-feita.

Claro que eu sabia que nunca mais voltaria. Ninguém volta. Por que eu seria diferente?

Fiquei assistindo a uma pega-rabuda voar do alto do muro e pousar perto do cercado, para então começar a saltitar ao redor. Ela foi bicando o chão casualmente, nos olhando à medida que avançava. Havia algo de oportunista em sua postura, e eu estremeci, relembrando o que Dona Lavanda havia dito sobre as multidões que visitaram o campo de Waterloo no dia seguinte à batalha. Alguns estavam procurando entes queridos, claro. Mas outros queriam simplesmente roubar os pertences dos cadáveres.

— Por que você questiona tanto a verdade? — perguntou ela, mastigando um grão de milho mais duro. — Ela pode ser sua aliada se você deixar.

— O que eu tenho que fazer?

Mas vovó havia cochilado. Poucos minutos depois, ela acordou e disse:

— Aceitá-la, para começo de conversa.

— Mas não quero ir embora de Hougoumont! — reclamei.

Colei o corpo de novo na cerca e fitei o prado com olhos inteiramente novos. A ideia de uma partida iminente me deixou enjoado. *Como eu poderia ir embora daqui?*

— Você não vai sozinho.

A esperança aumentou.

— Quem vai vir comigo? — perguntei.

A ideia de ter companhia, mesmo que isso significasse estar apinhado num caixote com parentes e que alguns de nós terminassem num abatedouro, abriu uma janela para essa catástrofe.

— Não foi isso que eu quis dizer. — Dona Lavanda eriçou-se. Parecia bastante indiferente diante da perspectiva de minha partida. — O que eu quis dizer foi: você vai levar seu dom consigo, o *meu* dom, o que vai lhe garantir uma vida de iluminação, não importa onde você acabe. Isso e...

— E? — Estava torcendo para que ela viesse com algo mais promissor do que o talento de captar sinais erráticos.

— E Hougoumont, claro.

— Hougoumont? — Como se em resposta, o ar úmido se mexeu, e o galho da faia deu um tapa de leve no muro.

Num momento de angústia, pensei em Caillou e no quanto ele amava a história do tocador de tambor francês.

A quietude se instalou novamente, seguida pelo longo rugido de um trovão. Algumas gotas gordas de chuva bateram na terra seca do cercado.

— Hougoumont está em seu âmago, William. Como uma fonte de energia. Todos os lares, sejam eles físicos ou efêmeros, funcionam assim.

❖

Dona Lavanda sem dúvida lera o ar corretamente, pois tudo aconteceu exatamente como ela previra — só que muito antes do que eu jamais imaginara. Na manhã seguinte, Emmanuel apareceu ao anoitecer e me colocou num caixote de banana com um monte de outros primos.

Só queria que Spode não tivesse me procurado antes de o garoto me pegar.

Emmanuel baixou o caixote perto de mim com uma conotação que me fez saltitar a esmo por todos os cantos atrás de Dona Lavanda. *Como eu podia ir embora sem me despedir?* A chuva agora estava batendo em rajadas a partir do norte, encobrindo as árvores mágicas e intensificando seu torpor. Você jamais saberia que na noite anterior a lua estava quase cheia. "Especialmente ruim" foi como vovó descrevera a tempestade na véspera de Waterloo, e, até onde sei, o tempo não melhorou muito na manhã seguinte. E ali estava eu, pensei, no alvorecer de meu próprio Waterloo, e, se não estava tão apavorado quanto os homens que esperaram a noite toda pela batalha, no mínimo estava tão molhado quanto.

Fiz uma última visita à cavidade junto da cerca: vovó não estava lá. O nosso cantinho — estimado local de meu despertar — havia se transformado num pequeno lago. Espiei pela porta do abrigo: talvez tenha sido um erro, porque procurá-la ali dentro só confirmou que Dona Lavanda havia desaparecido, o que destruiu minha última esperança de nutrir para o resto da vida imagens dela, resplandecente no centro da colônia, o planeta em torno do qual nós todos girávamos.

Spode se materializou da bruma.

— Dona Lavanda sumiu ontem à noite, William — disse, profundamente abalado.

Eu mal podia respirar. O comentário confirmou meus maiores medos. Minha mente girava freneticamente: imagens de raposas e corujas se misturavam à de saqueadores da era napoleônica e até a de Emmanuel, coitado, que, em meu pânico, transformara-se num vilão oportunista (o que era injusto da minha parte, acho, mas eu conhecia tão poucas pessoas).

— Mas como? — arfei.

Spode não respondeu. Ele me empurrou para dentro do abrigo e para fora da chuva.

Algo em minha devastação deve ter trazido à tona uma faceta totalmente nova a Spode, pois sua frieza costumeira se abrandou. Nos minutos seguintes, ele falaria comigo mais do que durante os três anos em que morei na colônia.

— Prometi à sua avó que não abriria a boca sobre o que aconteceu ontem à noite, William. Então você precisa respeitar isso.

— Você sabe!

Ele me ignorou e continuou:

— Como você está de partida em breve, talvez devesse saber sobre a outra vez em que ela... bem... *fugiu*.

— A outra vez? — repeti.

Spode assentiu.

— A última foi há muitos anos, bem antes de você nascer. A lua estava quase cheia, como na noite passada. Mas a noite estava clara, fresca. Sua avó estava lá fora sozinha, como sempre faz em noites assim. — Ele percebeu minha surpresa. — Ah, eu costumava observá-la do abrigo, William, mesmo antes de ficar de vigia. Tinha medo de que algo acontecesse a ela. A tela deste cercado nunca foi capaz de deter predador nenhum.

Senti uma pontada ridícula de culpa ao imaginar que ele talvez tenha me visto saindo do abrigo um dia para observar Dona Lavanda. Mas a sensação passou na mesma hora. Eu era um adulto agora, e Spode estava nitidamente me tratando como um igual.

— A cavidade em que você passou tanto tempo com ela costumava ser muito mais funda, sabe — continuou ele. — A cerca era meio empenada para cima naquele canto, e até para uma... — gaguejou — ... para uma coelha *bem-proporcionada* como sua avó, era possível escapar, mas só se você se espremesse bem.

Lembrei da fuga de Spode até os repolhos.

— Foi assim que você saiu? — perguntei.

— Foi. Mais ou menos na mesma época em que ela. Antes de eles colocarem tijolos embaixo da cerca naquele ponto. — Spode pensou por um instante. — Já deve ter uns vinte anos isso.

— Ela devia estar decidida a sair, para se espremer tanto assim.

— Ah, se estava! De uma hora para outra, estava lá fora. E foi assustador assistir. Fiquei olhando para as árvores o tempo todo, claro. Estavam bem nítidas contra o céu enluarado. Eu teria notado a silhueta de asas dando um rasante e... — Spode gaguejou novamente — ... pegando-a do chão. Sua avó levou só alguns segundos para se recompor. Então atravessou depressa o prado, saltitando pelo memorial dos franceses em direção ao muro leste. Não olhou para trás nem uma vez sequer. Era como se soubesse exatamente aonde estava indo. *Como se estivesse respondendo a um chamado.* — Essas últimas palavras saíram um pouquinho mais carregadas, com o tipo de entonação que Spode usava quando tentava frisar um ponto de vista que precisava de uma dose maior de seriedade que o normal.

— Quanto tempo ela ficou lá fora? — perguntei, pois, obviamente, vovó retornara daquela vez.

— Ela voltou pouco antes do amanhecer — respondeu Spode. — E estava, sei lá... *mudada*.

— Ela encontrou alguém?

— Deu a entender que encontrou um de nossa espécie. — Ele fez uma pausa. — E um *deles*.

— Uma pessoa? *Quem?*

Spode não respondeu.

Eu não sabia como reagir àquilo tudo. Parecia estranho que Spode estivesse me contando da fuga de vinte anos atrás e não do sumiço durante a tempestade da noite anterior. A ideia de vovó saindo naquela chuva forte me distraiu da história de Spode. E questões mais profundas ficaram à espreita.

Dona Lavanda jamais mencionara qualquer fuga para mim, fosse no passado ou no futuro. Ela não vivia completamente no mundo físico, como você deve ter percebido, mas parecia ir e vir diariamente de outro lugar menos preso à terra. Por que se daria todo esse trabalho de fugir — cavar um buraco, esgueirar-se por Emmanuel ou inventar um outro meio de se libertar —, quando tudo o que tinha a fazer era escapar em sua mente? Além de mim (e digo isso com humildade, pois ainda era um aprendiz), o único integrante da colônia capaz de entender aquilo era o próprio Spode, e, mesmo assim, apesar da erudição, suas ideias às vezes eram decididamente excêntricas.

Então ele disse algo que ficou comigo para sempre, embora esteja certo de que estava citando Dona Lavanda:

— Em momentos como este, William, quando você reúne coragem para tentar o inimaginável, as consequências em geral estão a seu favor. É como se a sorte estivesse de fato programada para coincidir com o risco elevado.

— Mas o que aconteceu na noite passada, Spode? Você a viu ir embora? Alguém mais viu?

Não haveria mais respostas. A mão de Emmanuel se fechou em torno de mim — bem mais sólida que o providencial dedo de Wellington, imagino. E assim, de uma hora para a outra, minha antiga vida chegou ao fim.

❖

No caminho do mercado, espremido em meio aos meus companheiros no caixote, tentei em vão digerir a história que Spode havia contado. Quase nada dela parecia verossímil, muito menos a emoção com a qual aquele velho embolorado narrara o caso. Mas, deixando as emoções de lado, eu tinha que me lembrar de que se tratava de Spode, o arquivista incomparável. Sua atenção aos detalhes era lendária. Se ele disse que Dona Lavanda havia escapado muito antes de eu nascer e que havia encontrado outro coelho (e algum tipo de humano), meu instinto me dizia para acreditar nele.

O caminhão do fazendeiro foi balançando lentamente por entre o bosque e pela antiga serra do exército aliado. A chuva forte havia deixado a pista de terra com a aparência que devia ter duzentos anos antes. O caminhão caía feito uma pedra em poças do tamanho de crateras abertas pela artilharia.

O balanço da carroceria sacudiu algumas células cinzentas. Lembrei-me de que a lua estava quase cheia na noite anterior. E eu não havia deixado de reparar que estávamos no mês de junho (embora não soubesse o dia exato). Talvez Dona Lavanda estivesse se preparando para a coincidência desse alinhamento específico: lua quase cheia, chuva torrencial, junho.

Passamos pelo centro turístico e o Monte do Leão e viramos à esquerda na Chaussée de Bruxelles; à medida que as células cinzentas iam se sacudindo, pensei na noite em que observei vovó, escondido: suas energias renovadas e o que sem dúvida poderia ser interpretado como uma saudade intensa.

E aquelas silhuetas na sombra.

Na época, eu só podia explicá-las como truques do vento — suspiros visíveis da noite de Hougoumont.

Como se estivesse respondendo a um chamado.

Será que Dona Lavanda tinha, enfim, se juntado àquelas sombras?

Ela obviamente não podia mais sair do mesmo jeito que fizera vinte anos atrás. A cerca fora reforçada, e ainda acrescentaram os tijolos.

Como ela saíra na noite passada, então?

Comecei a tremer diante de outra possibilidade: *Será que alguém a teria levado?*

Assim que o caminhão entrou no perímetro urbano e se aproximou do mercado, essas perguntas naturalmente cederam lugar a outras, menos específicas, como se, conforme a concretização do meu destino se aproximava, o tortuoso Caminho Escavado se transformasse numa arena maior. A vista aqui era melhor, isso é certo. E as questões existenciais serenaram um pouco: o paradeiro do destino não parecia tão urgente quanto o paradeiro de Dona Lavanda, por exemplo. Mas eu não podia deixar de pensar: a Providência é uma coisa relativa? A minha Providência — ou a sua, tanto faz — é menos importante do que a que tocou o duque de Wellington?

O conforto muitas vezes vem dos lugares mais inesperados. Lembro-me perfeitamente do que Emmanuel disse ao me pegar no cercado:

— *Allez, mon petit*. Vai ficar tudo bem.

Emmanuel parecia surpreendentemente bem-informado, o que me fez me perguntar se a Lua esconde a sabedoria nos seres simplórios por um motivo e se, algum dia, alguém vai compreender isso tudo.

❖

Acho que o que aconteceu comigo no *marché des abattoirs* poderia ser chamado de providencial, embora o destino da Europa não estivesse em jogo. Pois, de que outra maneira você explicaria que num momento pudesse estar amontoado num caixote de banana apinhado de seres da própria espécie e sendo transportado para um mercado de Bruxelas de nome decididamente ameaçador e, no seguinte, estivesse num jardim tranquilo, com duas árvores e um gramado perfeitamente agradável? Do inferno ao nirvana, você poderia dizer. E em menos de duas horas (incluindo a viagem). Não sei. Pelas contas, tenho mais de oitenta anos na sua matemática e ainda não encontrei a resposta. Como o nome sugere, o mercado do abatedouro vende carne. Mas também vende legumes e verduras, roupas, bijuterias e bichinhos de estimação, e nunca ficou claro se os itens da última categoria eram mandados para o abatedouro do outro lado da *place* para serem vendidos como outra coisa quando ninguém os comprava em seu estado vivo. E como assim eu não tive que fazer *essa* importante viagem?

Sem dúvida, aquele dia tivera o dedo de algo que não tinha substância física — algo que não tinha nem quatro, nem duas, nem perna nenhuma. Milagre, mágica, acaso, Providência... Vou deixar por sua conta.

Tudo de que me lembro é que a sombra da mão de alguém pairou indecisa sobre o caixote. E uma pessoa falou:

— Este branco, com pintinhas?

Mais mãos pairando. Houve uma agitação de patas à medida que meus parentes tentavam se esconder. Em seguida, outra voz, um barítono grave do tipo que ressoa de um jeito agradável pelo sistema digestivo:

— Tudo bem. Vai ser o das pintinhas, então.

Em momentos tão banais quanto esse é que se decide o destino. É sério. Não se esqueça de que havia chovido forte na noite anterior à batalha de Waterloo e que a artilharia francesa ficara atolada na lama, mudando assim o curso da Europa. (Embora Napoleão ainda pudesse ter se recuperado se os prussianos não tivessem aparecido.) "A vitória mais apertada que já se viu na vida", disse Wellington.

O clima, os prussianos... a história é apenas uma sucessão de incertezas precárias. A sua história e a minha. Eu, por exemplo, podia ter sido um coelho francês em vez de belga caso a chuva tivesse parado.

Mas estou me desviando do assunto.

Depois veio a negociação. A barganha educada sobre o meu destino juntou-se ao burburinho geral das pechinchas do mercado. Tantos destinos decididos num único dia! A voz grave e agradável persistiu, apaziguando minha angústia com a possibilidade de perder um comprador tão gentil. Enfim, um preço foi combinado, embora tenha parecido tão decepcionantemente modesto para o vendedor. O menino marroquino da barraca me pegou — de qualquer jeito, como se pega uma galinha depenada. (Talvez achasse que teria conseguido um preço melhor para mim no matadouro.)

Fui colocado numa gaiola branca pequena com nada além de metal frio sob os pés e carregado no alto, balançando como uma lanterna em meio à multidão. Vez ou outra alguém olhava na minha direção. Eu podia sentir um suspiro aqui e ali, junto com rajadas de kebab e frango assado. Talvez devesse ter percebido na época que eu tinha algo de diferente. Lembrei-me do que vovó dissera, sobre eu ser como uma tigela d'água de superfície tranquila. Talvez as pessoas estivessem tentando determinar a profundidade.

Uma pequena esfera de espaço vazio se abriu ao redor da gaiola, e fez-se um silêncio estranho. Os comerciantes pararam de gritar odes às suas belas frutas, bebês interromperam o choro, um homem atirando com estardalhaço caixotes de madeira vazios numa pilha virou-se para me olhar. Eu conheceria sua expressão muito bem ao longo dos anos. Em retrospecto, acho que o silêncio súbito no mercado foi só surpresa — surpresa que algo tão insignificante como um coelho pudesse exigir uma avaliação mais profunda. Será algum anseio ilusório da minha parte? Ou vaidade?

E o que, exatamente, guiara aquela mão para mim? Digo, por que a mão escolheu a mim e não a um dos meus irmãos e irmãs ou primos? Todos eles teriam dado animais de estimação tão bons quanto eu. Mas, infelizmente, a maioria provavelmente foi servida alguns dias depois com batata e molho. Terá sido a minha aparência — a pelagem branca com enigmáticas manchinhas negras? Espero que não. Jamais se deve contar com a aparência. Ela pode lhe salvar uma ou duas vezes quando se é jovem, mas o tempo um dia vai alcançá-lo, sua pelagem não vai mais ser tão perfeita e, inevitavelmente, vai surgir uma situação em que a aparência não vai oferecer qualquer vantagem.

Ou talvez tenha sido intervenção da Lua. Ela é compassiva, disso não há dúvida. Um pouco como o seu deus, acho. Mas com algumas falhas de caráter. É como uma tia excêntrica e incorrigível, por quem se sente amor e exasperação em igual medida. E pode cometer erros colossais, a Lua. Mas, num dia bom, é capaz de grandes coisas.

De alguma forma, só não consigo achar que foi mero acaso. O acaso é serviçal da Lua — um lacaio responsável por pequenos prazeres, como encontrar uma folha de relva doce surgindo por sob o arame da cerca ou um cantinho seco de feno. Coisas como escapar do açougueiro ou encontrar o amor exigem poderes superiores.

Já ouvi as pessoas dizerem que o destino bate à porta. Bem, a Lua nunca bate. Ou ela nos cumprimenta, simpática, de longe, ou chega atropelando. Às vezes, manda suas águias num voo rasante só com a sombra das asas para anunciá-las, apenas para nos manter com os pés no chão. Acredite em mim, um dia você pode acabar ficando sem corpo de repente, se não for ágil. Mas vez por outra, se estiver de bom humor, a Lua manda uma surpresa agradável. Pode ser uma folha de repolho fresca. Ou a mão de alguém fazendo um carinho.

6

É estranho que, na sua língua, a palavra "lar" seja usada para tudo, desde palácios até uma caixa de papelão debaixo da ponte e tudo que existe entre uma coisa e outra. O lar é um conceito ou um local?

Por muitos anos, após ter sido retirado de minha família de forma tão abrupta, considerei meu lar como um único lugar apenas: Hougoumont. Estava convencido disso — certo de que possuíra a felicidade por um breve período para nunca mais. Uma dor se instalou dentro de mim de forma tão persistente que às vezes eu nem me dava conta dela. Mas sempre que tentava me obrigar a dormir com as memórias — o cheiro do prado ou o toque áspero da grama pela cerca de arame —, a dor voltava, crua e latejante com tudo o que sobrara de minha família desaparecida. Mesmo a possibilidade de ir ao baile da duquesa de Richmond dificilmente me confortava. Eu imaginava a cena na cabeça e começava a mergulhar no sono, apenas para descobrir que a porta do salão na Rue de la Blanchisserie estava trancada e o prédio, em ruínas. Só então percebi que nunca tinha ido ao baile sozinho, estava sempre com os outros.

Os humanos raramente estão satisfeitos com seus lares. Parece que muitos cobiçam casas grandes — castelos até —, ainda que provavelmente pudessem passar muito bem num cômodo só com uma porta e uma janela. Alguém já estudou a relação da moradia com a felicidade? Eu diria que não. De qualquer forma, já que os humanos sempre acham que maior e mais caro é melhor, imagino que viver num único cômodo traga pouca satisfação (e uma boa dose de constrangimento na árdua ascensão da escalada social). Não. As pessoas nunca deixam passar uma oportunidade de viver num palácio. Não importa que você tenha que dar 16 passos da pia até a lava-louças ou que meio quilômetro se estenda entre o sofá e a sua cama. É a sua propriedade — o *seu* reino. Ao que parece, é isso que interessa. Embora a primeira coisa que um coelho notaria seriam as correntes de ar.

Que irritante — e cansativo! — seria um lugar desses para nós. Se tem uma coisa que coelhos odeiam são correntes de ar. Por outro lado, teríamos de mapear o meio quilômetro inteirinho entre o sofá e a cama para identificar todos os bons esconderijos ao longo do caminho. Não se esqueça de que somos presas; certamente pensamos em tocas com a mesma frequência com que humanos pensam em dinheiro, o que pode lhe dar uma boa ideia das nossas preocupações.

Mas, por falar em palácios...

Sinto-me um tanto ingrato ao dizer tudo isto, considerando que construíram um só para mim. Um palácio de coelho, claro, mas ainda assim uma acomodação esplêndida. O primeiro andar é forrado de feno fresco e tem uma alcova de banho separada, com uma luxuosa pilha de lascas de madeira. Uma caixa velha de vinho serve engenhosamente como quarto, e, lá em cima, há duas prateleiras espaçosas, ideais para as longas horas de reflexão para as quais eu havia sido treinado tão intensamente em minha juventude. A porta da frente tem até um trinco.

Meu palácio, no entanto, não tem alma. E nada pode parecer mais distante do meu cantinho de terra em Waterloo do que ele.

Agora percebo que um dos aspectos fundamentais de um lar são os vestígios de *você* que ficam nele: o cheiro da sua última refeição, uma cavidade no chão do seu tamanho, um grão de milho com a marca do seu dente. Nada é mais reconfortante do que os *seus* resquícios — muito mais do que grandiosidade, a quantidade de banheiros ou uma adega espaçosa. Assim, eu tinha de rearranjar o feno do abrigo toda vez que ele era cuidadosamente afofado e derrubar o prato de comida o tempo todo, pois meus donos nunca pareciam entender que, para nós, é mais fácil comer do chão. (Uma pena que, com toda a sua superioridade, o cérebro humano ainda não seja capaz de pensar como um lagomorfo.)

Mesmo com as distrações de todo esse luxo recém--descoberto, eu simplesmente não conseguia evitar a saudade. A família que me comprou tentava me ajudar bravamente — me davam comida demais, faziam carinho naquele lugar perfeito atrás da mandíbula e me levavam para correr na sala de estar num tapete fofo sem o menor cheiro de grama. Mas a memória sempre prevalecia: Hougoumont ainda ocupava os meus sentidos por inteiro. Afinal de contas, minha casa nova ficava a poucos quilômetros mais adiante, na mesma rua do meu local de nascimento. (Dona Lavanda seria capaz de dizer se teria dado para ouvir ou não os canhões daqui.) Se for verdade o que ela contou uma vez — que vivemos numa relação com as nossas memórias todos os minutos do dia —, então achei que na certa eu poderia canalizar o poder de minha terra natal para construir algum tipo de futuro.

Em vez disso, a memória impôs em mim uma espécie de meia-vida. Minhas orelhas giravam o tempo todo, na esperança de captar o silvo forte e constante do vento que soprava tão livremente sobre os campos de Hougoumont — o tipo de vento que se divide em fracos redemoinhos pelos jardins da cidade. No ar urbano reciclado, minha pele parecia semimorta. Eu ansiava pelo frescor da chuva em minha pelagem, mas, ao menor indício de tempestade, era trancado em minha gaiola para não pegar um resfriado.

E os cheiros de casa... ah, para onde tinham ido? Às vezes, se fechasse os olhos, podia invocar os odores do abrigo — o conforto agridoce da proximidade dos parentes. Eu ouvia o barulhinho da digestão de minha avó, e, sob os pés, na pedra fria do piso do pátio de minha casa nova, podia sentir as fezes ressecadas do antigo cercado. Será que estava experimentando o dom que Dona Lavanda tinha comentado: a habilidade de ler as coisas? Ela com certeza não estava se referindo a cheiros básicos e fezes ressecadas. Se tivesse mesmo herdado o dom de minha avó, então estava destinado a descobrir significados mais profundos, como ela, e a conviver com eles até entendê-los. Dona Lavanda teria sido capaz de chegar a um novo jardim e encontrar significado nele de imediato; ela teria interpretado uma mudança tão drástica na vida como um movimento para a frente e seguido adiante com as coisas.

Eu me perguntava se era uma simples coincidência que o jardim tivesse muros tão altos ou se era só um capricho da Lua. Hougoumont tinha muros, como você pode lembrar. É engraçado como a familiaridade surge em lugares desconhecidos. Se parar para pensar, nossa jornada pelo Caminho Escavado é em geral entremeada por estágios de formato e tonalidade semelhantes, como pedras ao longo de um córrego. Esses objetos familiares não são aleatórios, mas se apresentam com uma espécie de simetria intencional, como se para indicar a direção a seguir. Não devemos encarar nossa passagem de um para o outro como certa. Pense nas voltas que a vida dá (digo, pense *mesmo* — olhe pela janela por pelo menos uma hora), e você vai encontrar uma lógica surpreendente, às vezes deliciosa e invariavelmente inexplicável, na forma como as coisas aconteceram com você.

❖

Meus dias começavam cedo. Logo depois da alvorada, quando abriam a porta do abrigo, eu dava minha primeira caminhada. Isso envolvia uma inspeção completa do ar da beirada do pátio — um inicial "estudo das circunstâncias", como Dona Lavanda chamava. Tal hábito tão arcano saiu de moda ultimamente, sobretudo entre os jovens, mas a triste verdade é que, se Jonas ou Caillou tivessem sido adeptos dessa habilidade, talvez pudessem ter escapado de seu destino.

Nós, coelhos, temos visão limitada. Conseguimos distinguir melhor os verdes e os azuis, além de formatos e sombras, o que basicamente resume este jardim para onde quer que se olhe: um gramado infestado de ervas daninhas, samambaias pendendo em cantos escuros, duas árvores com os troncos escondidos pela hera e as folhas balançando misteriosamente. Perto do pátio havia uma peônia amuada, de aspecto adoentado. Aqui e ali havia buracos na parede, onde os tijolos estavam faltando, e, num canto, um vaso sanitário descartado aguardava remoção. Perto dele, a pilha de vasos de plantas quebrados parecia, aos meus olhos, o telhado irregular da capela de Hougoumont.

Tirando eu, mais ninguém habitava o jardim, mas o lugar recebia visitas. Portanto, a maior parte do dia eu passava prestando atenção ao farfalhar das árvores (se fosse confuso, significava pombos; se fosse arrogante, pega-rabudas; e assim por diante) e de olho vivo no topo do muro. As telhas vermelho-escuras formavam uma passarela para os gatos da vizinhança, que descansavam como pequenos sultões no aglomerado de hera numa das quinas do muro. Já tinha visto um gato ou outro na fazenda. Mas esses animais da cidade pareciam primos distantes. Eram falsos predadores, bem-alimentados e entediados, atrás de diversão cruel. Eu sabia que podiam entrar no jardim se quisessem — já tinha visto um gato cruzar silenciosamente o gramado uma noite qualquer e sair pela árvore nos fundos. Inevitavelmente, o medo desses híbridos domésticos logo suplantou o medo de gaviões, uma clara indicação de que a ordem natural não se estendia até aqui, na cidade.

Sem uma colônia para impor a ordem ou uma avó para refrear a estupidez, a cautela governava meus dias. Assim, meu caminho pelo jardim era cuidadosamente planejado e variava muito pouco. Se havia alguma mudança, então ela passava a ser a nova rota planejada. E essa era a minha rotina. Cada rota — ou sua variação — incluía uma análise extensa da peônia, das samambaias, dos dois troncos de árvores e de qualquer coisa nova ou que estivesse fora de lugar. Se um dos vasos quebrados fosse movido, por exemplo, era necessário fazer uma inspeção olfativa da nova localização. Se uma folha seca voasse da árvore do vizinho e caísse no jardim, essa única folha precisaria de uma investigação mais apurada. (O outono era uma época especialmente cansativa, como você pode imaginar.) Todos os caminhos, não importa o seu trajeto pelo jardim, continham aquele componente fundamental do universo dos coelhos: um plano de fuga. Podia ser um buraco úmido atrás da árvore ou um beco escondido atrás das begônias.

Acho que tais hábitos exigentes também ocorrem entre humanos. O próprio Wellington vasculhava seu território por horas. Não que eu esteja de alguma forma me comparando a ele, mas acho que o meu herói e eu teríamos avaliado a mesma porção de terreno com precisão parecida. O duque dificilmente deixava o campo durante a batalha. Ele analisava a topografia atentamente — perscrutava-a com uma luneta e passava longas horas fazendo o reconhecimento nas costas de um cavalo para avaliar a situação. Conhecia todas as elevações e cavidades escondidas do terreno, e as altas plantações de milho e centeio em que os homens podiam ser baleados sem sequer ver o inimigo, mas que também ofereciam excelente cobertura e a vantagem do elemento surpresa.

Às vezes, no entanto, pode-se ser meticuloso demais. A batalha quase teve uma reviravolta decisiva logo cedo na manhã de 18 de junho, quando Wellington descia a serra na direção do pomar de Hougoumont para uma verificação final. Ele queria ter certeza de que todas as suas ordens tinham sido cumpridas e que tudo estava correto.

O duque parou na trilha, a apenas uns dez metros de um atirador de elite francês.

Escondido pela vegetação rasteira, o homem não atirou. Será que reconheceu o alvo? Afinal, Wellington estava usando um casaco e uma capa azul-claros. Talvez, aturdido diante da situação e tendo o dedo momentaneamente congelado no gatilho, o atirador tenha mudado de ideia.

Vigilância nenhuma é capaz de substituir a Providência — ou seja lá como você prefere chamar a força poderosa que pode, sem aviso prévio, transformar até a história numa simples pluma ao vento. Do poderoso Wellington a um humilde coelho, é exasperador como os resultados dependem inevitavelmente da miopia dos atiradores ou da inexistência de gaviões; da profundidade da lama ou de um buraco embaixo da cerca; se o centeio alto ou as begônias servem ou não como rotas de fuga.

❖

Acho que tive sorte com o meu exílio. Muitos jamais conheceram um paraíso como o meu; muitos continuam a perambular em seus corações, mesmo quando o corpo físico meio que parou de repente.

Estou pensando num exílio específico.

Ele vem espreitando nos cantos destas páginas, e acho que está na hora de tocar no assunto. Ele pode não ter atrapalhado a sua leitura até agora, mas certamente assombra esta história. Nunca encontrou seu cantinho perfumado de terra em lugar nenhum. Ah, mas bem que tentou, pode ter certeza. Em todos os países que invadiu. No entanto, não é possível passar a juventude em Hougoumont e não entender que de jeito nenhum o derramamento de sangue é a maneira de encontrar um *chez-soi* feliz.

Napoleão.

O nome nunca soa neutro, não é? Em algum lugar na França alguém o está chamando de monstro neste instante, enquanto do outro lado da rua estão brindando ao seu retrato e cantando "A Marselhesa". Ambos os extremos têm sólido embasamento histórico, embora, paradoxalmente, sejam apenas impressões insípidas do famoso comandante, tão estereotipadas quanto a imagem de semblante taciturno e a mão enfiada no casaco. Você sabia, por exemplo, que Napoleão tinha um senso de humor afiadíssimo? Difícil de imaginar isso em alguém que se achava dono do mundo e que foi tão obstinado em sua tentativa de prová-lo.

As especulações sobre o legado de Napoleão não são poucas. Digo logo que não sou um especialista. Mas não há nada mais gratificante do que discutir uma personalidade tão difícil de definir. O caráter de Bonaparte, seus casamentos e relações, as estratégias, o humor, suas doenças e sua morte provocam até hoje os debates mais animados, ainda que o assunto estivesse muito além do alcance da maioria da população lagomorfa de Hougoumont. Spode se dedicava a ele com fervor. Mas sua inclinação arquivista estreitava seus interesses a datas, locais e nomes, o que esquecíamos prontamente. *A história está nos detalhes...* Só que não nos de Spode, ao que parece. Assim, vou tentar me lembrar dos de Dona Lavanda, pois sua sabedoria tinha o curioso poder de grudar na nossa cabeça.

Todos nós havíamos crescido tanto à sombra de Napoleão quanto à de Wellington. Afinal, a terra de nossa fazenda recebera em seu seio um grande número de soldados de ambos os exércitos. Parece simplista chamar um grupo de homens de bom e o outro de mau, quando ambos acabaram no mesmo lugar, no mesmo estado lastimável. Os corpos dos franceses e os dos ingleses podem ter sido queimados em valas separadas, mas suas cinzas devem ter se encontrado em algum momento para descansar juntas. Agora que penso nisto, a tranquilidade de nossos bosques e prados era um tanto ambígua: em parte vitória, em parte derrota, a alegria de um e a tristeza do outro misturavam-se num remorso comum.

Vovó gostava de salientar que os franceses e os britânicos nunca lutaram entre si novamente depois de Waterloo — que o preço a pagar por isso talvez tenha sido razoável. Mas tenho certeza de que não acreditava nisso, que estava só encorajando a discussão, o que era louvável. Porque, de todos os habitantes da colônia, Dona Lavanda era a única que entendia o quão alto o preço de Waterloo — e Hougoumont — havia sido.

Como já disse, Dona Lavanda adorava estratégia militar. Eu até suspeitava que vovó admirasse profundamente a genialidade de Napoleão no assunto, embora nunca o admitisse. Mas, diante de suas pequenas preciosidades históricas, o panorama militar grandioso acabava empalidecendo.

— Napoleão estava arruinado ao chegar à Bélgica — disse ela. — Ah, ainda havia alguns lampejos do seu antigo brilho de Austerlitz, claro: ele despistou Wellington com o ataque surpresa aos prussianos perto de Charleroi. Mas o coitado era um pesadelo digestivo. Estava doente, sentindo dor. Imagine o que era ter que cavalgar com aquelas hemorroidas terríveis, mesmo que fosse uma égua mansa como

Desirée! Ele explodia com subordinados e então mergulhava numa letargia. Esse tipo de coisa

— Spode disse que Napoleão era um psicopata — me aventurei a comentar, satisfeito não só de ter decorado a informação, mas de ter encontrado o momento certo para despejá-la.

— Não é tão simples assim! — retrucou vovó. — Napoleão era um homem complexo. Não se deve julgar pessoas complexas. — Ela fez uma pausa. — Não se deve julgar coelhos complexos também.

Será que ela ficou ofendida porque falei de Spode?, pensei. *Ou porque ela estava sendo boazinha com Napoleão?* Eram questões delicadas. A história adora a distinção entre tiranos e heróis, e espera-se que a gente se prenda a elas. Dona Lavanda era sempre do contra, gostava de brincar com os limites.

— Rótulos nunca fizeram bem a ninguém — continuou ela. — Eles deixam a vida anêmica, destroem muitos paradoxos intrigantes. Napoleão era volúvel, temperamental, colérico. Todo mundo sabe disso. Mas aí, de repente, ele era gentil. Falava com uma agitação incansável. Para, em seguida, mergulhar numa depressão e ficar em silêncio completo. Dormia mal e tinha o hábito de vagar durante a noite, lendo, cochilando, comendo. Se não tivesse tanta inclinação para a guerra, talvez tivesse dado um excelente artista, um pintor ou, sendo francês, um chef de cozinha.

— Você disse que ele podia ser gentil.

— Claro! Os piores tiranos são capazes de demonstrar bondade... bondade genuína, até. Fuja dos rótulos, William!

E, com isso, ela contou um pequeno caso:

Por volta das duas horas da manhã de 18 de junho, Napoleão estava sentado numa sala do segundo andar de Le Caillou, o quartel-general na estrada de Waterloo. Estava doente. Estivera redigindo despachos e ordenara que os cavalos fossem trazidos às sete horas. Mas seu estado era de grande sofrimento físico e mental.

Por fim, desceu com dificuldade uma escada íngreme e ordenou a seu pajem, Gudin, que o ajudasse a subir na sela. O menino levantou o cotovelo do imperador muito abruptamente, e Napoleão se desequilibrou, quase caindo no chão.

— *Allez à tous les diables!* — praguejou ele. — Vá com o diabo! — E, com isso, saiu trotando furiosamente.

Gudin lutou contra as lágrimas enquanto assistia ao mestre se afastar com seus oficiais. Mas, para surpresa do pajem, o imperador só tinha percorrido umas poucas centenas de metros quando retornou, sozinho.

Ele pousou a mão carinhosamente no ombro do rapaz e sussurrou:

— Meu filho, quando ajudar um homem com o meu porte, é necessário proceder com mais cuidado.

O pajem se tornou general e acabou falecendo na guerra franco-prussiana.

Eu não sabia bem o que achar do Napoleão daquela história. Num espaço tão curto de tempo, o homem demonstrara uma gama completa de emoções. Comecei a imaginar que ele pudesse ter, de fato, abrigado diferentes personalidades em sua baixa e atarracada figura. Acho que vocês chamam isso de esquizofrenia. Eu não sei. Se fosse esse o caso, então, Bumerangue também teria de ser rotulado esquizofrênico, pois ninguém jamais sabia quando ia se jogar contra a cerca. E Jonas igualmente, pois podia ser a própria definição de sagacidade e charme, para logo apunhalar alguém pelas costas com um insulto. Acho que, se esse tipo de comportamento leva à morte e destruição sérias, então precisa ter um nome sério. E uma punição séria. Embora eu me pergunte se os britânicos foram um pouco além da conta depois de Waterloo, mandando Napoleão para Santa Helena.

O navio dos correios leva cinco dias para ir da Cidade do Cabo a Santa Helena. Mesmo hoje, poucas pessoas se aventuram a ir até lá. A ilha é um fragmento de basalto temperamental envolto pelas brumas, despontando em meio ao mar infinito. "Esta rocha maldita", como Napoleão chamava, era, segundo todos os relatos, um exílio tão desolador quanto seus captores poderiam ter desejado. Longwood House, a propriedade em que o imperador passou seus últimos dias até morrer em 5 de maio de 1821, com 51 anos, fica num platô úmido fustigado pelos ventos alísios e propenso a nevoeiros. Napoleão passava horas andando de um lado para o outro na varanda, esperando o tempo melhorar e examinando o horizonte em busca de um navio. Para espantar a monotonia, deleitava-se com longos banhos quentes, enquanto lia ou ditava algo a um pajem. Na pequena sala de jantar eram organizadas refeições formais. Esses eventos eram quase como uma opereta de gosto duvidoso para uma plateia de bajuladores, com a comida servida em porcelana de Sèvres por mordomos de libré e a luz das velas refletindo nos talheres de prata, enquanto, despojada de toda validade, a corte falsificada ainda jurava fidelidade a um pária.

Só de pensar em Longwood House eu ficava mais à vontade em meu próprio exílio. Afinal de contas, coelho nenhum teria suportado a umidade e o nevoeiro da última residência de Napoleão. E acho que, entre os dois deportados, tive mais sorte com minha moradia, embora houvesse momentos em que um míope nos avaliando de longe pudesse ter nos confundido: como Napoleão, eu andava de um lado para o outro no fim do pátio, tentando captar os cheiros de casa; e examinava o alto dos muros, torcendo para que alguém chegasse com notícias. Quando as brumas do norte desciam, escondendo os freixos, meus ossos doíam, exatamente como os de Napoleão.

Mesmo inquieto e sofrendo, no entanto, o imperador não deixara de fazer elogios. O que conto a seguir ouvi de minha avó, e, ao repeti-lo agora, longe de minha amada Hougoumont, as palavras se imbuem de uma ressonância especial. Um exilado reconfortando o outro, pode-se dizer. "Se não fosse pela determinação heroica do príncipe de Orange, que, com um punhado de homens se atreveu a manter-se firme em Quatre Bras, eu teria pegado o exército inglês em flagrante e saído vitorioso".

7

Se eu tinha medo em meu novo e estranho pedaço de grama? Ah, morria de medo! Os muros eram imensos... tão altos que pareciam pender ameaçadoramente para dentro. A luz era mercadoria escassa. O gramado em si era só um retângulo irregular, careca feito um coelho recém-nascido em alguns pontos. Embora não fosse a planície ventosa de Waterloo, o jardim possuía uma harmonia que eu não era capaz de interpretar. No começo, lamentei essa falha em meu dom. Mas logo percebi que o ar não se movia livremente aqui, e que qualquer interpretação das circunstâncias, como Dona Lavanda gostava de chamar, estava inevitavelmente comprometida.

Essa harmonia escondida acabou por ser tão assustadora quanto os predadores de Hougoumont... ou mesmo a ameaça dos saqueadores da era napoleônica. Esse era o meu novo Desconhecido, pode-se dizer. Mas, mesmo que a porta de minha gaiola ficasse aberta durante o dia e eu estivesse livre para vaguear por onde quisesse, o risco de sair do pátio e entrar naquele espaço rudimentar sempre me pareceu grande demais. Pois sempre que eu ficava ali sozinho, contemplando o meu próprio Desconhecido, tudo em que conseguia pensar era no que havia acontecido a Caillou.

O leitor talvez já tenha esquecido os detalhes do incidente.

Aquele grito, no entanto, persiste dentro de mim.

Mas finalmente consegui: num triunfo da vontade, afastei Caillou de meus pensamentos e saí do pátio!

Na mesma hora, meus quadris pareceram derreter.

Caillou ressurgiu imediatamente. Olhei para cima, como ele na certa parecia estar me pedindo, e imaginei um gavião com a envergadura de um abutre. Em vão, procurei por um sinal de Dona Lavanda. Como ela podia ter tido a coragem de sair sozinha no prado de Hougoumont à noite, *duas vezes*? Busquei até um sinal da Lua que me assegurasse de que eu não tinha nada a temer, que ia voltar inteiro ao meu abrigo depois da aventura. (E por "inteiro" quero dizer não esfolado, claro. Por que a realidade é sempre reduzida a eufemismos insípidos?)

O Desconhecido se estendia diante de mim, maduro como um repolho. Pela primeira vez na vida, estava prestes a dar-lhe uma mordida.

O dia havia começado a escurecer. *Quando o sol encosta no topo das árvores, William, é hora de ir para casa.* A voz tocou um nervo distante; em seguida, desapareceu.

Desatento, caminhei até o centro do gramado, onde algo familiar de repente apoderou-se de meu corpo. Aquela impulsividade antiga ressurgiu. Senti-me puxado até a árvore nos fundos do jardim como se pela mão onisciente de alguém. (Ainda bem que essa mão oferecia também uma dose de autoconfiança.) Atrás da árvore havia uma escura área comprida e estreita de terra pela qual todos os coelhos sentem uma atração atávica, mas que eu nunca a tinha visto até aquele momento.

Não, William.

A advertência parecia mais próxima agora.

Levantei-me nas patas traseiras e olhei para trás. Dona Lavanda devia estar presente em alguma encarnação, pois ergueu a voz com o típico mau humor e asseverou: *Volte! Está tarde. Lembre-se de Caillou...*

É interessante relembrar a primeira vez em que se desobedeceu a um mentor. Todos nós temos que crescer, afinal de contas. Foi naquele jardim, ao entardecer, que senti isso pela primeira vez: a voz da velha sábia sendo abafada por outra mais ressoante. Instinto? Destino? Não importa. A sensação de enfim estar reagindo à natureza selvagem em meu sangue. O impulso foi tão forte que cheguei a me perguntar se meus antepassados brancos em Hougoumont já haviam passado algum tempo fora do abrigo.

Sabe-se lá o que me encorajou a seguir, eu havia esquecido completamente a coreografia irracional do rebanho. Pela primeira vez, estava agindo total e gloriosamente sozinho.

Era fim de outubro. A luz do sol já sumia por trás dos muros, deixando passar apenas alguns raios sobre a vegetação. A casa emitia um brilho amarelado e reconfortante, mas me aventurei a ir bem longe de seu alcance, e, de qualquer forma, as luzes só serviam para escurecer o restante do jardim.

Estava esticando o pescoço para cheirar atrás da hera quando ouvi o leve e aterrorizante *vump* de asas.

O instinto assumiu o controle. Estirei-me junto ao chão e fiquei rígido feito um galho de árvore. Meu coração batia a uma velocidade inimaginável para os humanos. As pontas de minhas orelhas ficaram geladas. Foi isso que Caillou sentiu enquanto o gavião flutuava sobre ele?, eu me perguntava. Mas por que me perguntar isso? Logo descobriria sozinho.

As asas pousaram em algum lugar perto da peônia. Olhei de soslaio mais ou menos na direção do barulho. De repente, percebi uma coisa: a relativa tranquilidade com que minha mente estava funcionando naquele momento — relativa, ou seja, em detrimento da rigidez total de meus membros. Num *déjà vu*, reconheci o medo que experimentei ao me aventurar sob a lua cheia para observar minha avó. Mas pensar na noite de Hougoumont também alimentou uma determinação curiosa. Agora que estava longe de minha terra natal, tinha um momento (reforçado pela presença do destino, percebi mais tarde) para refletir sobre os antigos dogmas de Dona Lavanda: algo no sentido de que o aperto vivido por outra pessoa é quase sempre pior do que o seu próprio. Por exemplo, nossa espécie em geral só tem os predadores noturnos de sempre com que se preocupar. Os soldados de Waterloo, por outro lado, tinham de enfrentar atiradores de elite e escaramuçadores, para não falar do cansaço, armas emperradas e lama. E, independentemente do que os saudaria ao fim da batalha, fosse a vida ou fosse a morte, aqueles rapazes seguiram em frente distintamente e aceitaram a mão que se estendia para eles. Eu, portanto, sem dúvida, podia enfrentar o que quer que esperasse por mim sob a peônia.

Lembro-me também de pensar em minha nova dona e se ela fora sábia em sua escolha de coelho. Eu era ofuscantemente branco, afinal de contas. Caillou era apenas cinza-claro e permanecera visível por todo o campo de batalha de Waterloo.

Ouvi a terra sendo remexida vigorosamente, como que por um bico impaciente. Então, para meu horror, vi uma pequena sombra se separar da sombra maior da peônia e saltar decidida na minha direção (ainda que com muito estilo, não pude deixar de notar). Mas a morte tem muitos disfarces, lembrei... sobretudo os alados... por isso, me achatei ainda mais junto ao solo e fiquei esperando meu destino. Devia falar com ele?, me perguntei. Negociar de alguma forma? Era difícil imaginar Caillou sobrevivendo por tanto tempo, então parei de me perguntar o que *ele* teria dito ou feito.

No entanto, antes que pudesse pensar qualquer outra coisa, houve um novo *vump*, um farfalhar de folhas, e a coisa tinha ido embora.

Fiquei fraco de alívio.

Mas eu tinha que admitir que houvera uma estranha medida de graça naquelas asas, como se pertencessem a algo que não tinha intenção de jantar. Era o meu dom falando? Será que eu tinha interpretado o ar corretamente? Mas, preso nos fundos de um jardim desconhecido durante o crepúsculo, sabia que não podia me dar ao luxo de me tornar poético.

Alguém saiu da casa chamando meu nome. Com o nosso hábito de pressentir uma armadilha em qualquer coisa, coelhos não costumam responder a esse tipo de chamado, por isso, eu estava relutante em emergir das sombras. Mas me acharam facilmente (ao que parece, eu teria dado um péssimo soldado raso) e, com gentileza, me trancaram de volta na gaiola para passar a noite.

Sentia falta de corpos quentes durante a noite, dos cheiros almiscarados e dos sussurros noturnos de Hougoumont. O som do ramo de faia teria sido muito bem-vindo, mesmo com a sua sugestão de tocadores de tambor fantasmas.

Mas eu não estava completamente sozinho. Dona Lavanda ainda parecia próxima, pairando em algum lugar do ectoplasma. *O que tinha acontecido a ela?* Toda noite, a pergunta atormentava o meu sono, para então me cumprimentar na manhã seguinte. Será que algum dia saberia a resposta?

Tentei imaginar a confusão na colônia depois que fui embora — depois que o fazendeiro seguiu para o Portão Norte nos carregando e a poeira assentou na estrada. Todo mundo no cercado deve ter ficado vagando de um lado para o outro, digerindo a situação. Talvez Spode, com seu recém-adquirido posto de ancião, tenha escolhido um momento solene para dar a notícia.

Dona Lavanda se foi! Será que houve confusão? Revolta? Pensei no jeito como vez por outra vovó distribuía ordens para todo lado e concluí que alguns integrantes da colônia devem até ter suspirado de alívio com sua partida. Posso imaginar os rumores: Será que o coelho na lua a enfeitiçou? Ou foi um amante selvagem?

Sozinho, num abrigo desconhecido, eu simplesmente não conseguia afastar a visão daquela noite de luar: Dona Lavanda de pé nas patas traseiras feito uma jovem fêmea, e o espectro de algo se movendo contra o muro sul. Curiosamente, não havia odor no ar. Nenhum som. Só a estranha sensação de que vovó parecia reconhecer aquelas sombras — talvez até as tivesse encontrado antes.

Aninhei-me em minha nova casa, confuso e solitário. Questões existenciais se apinhavam em cima de mim feito parentes irritantes. Dona Lavanda vagava bem próxima:

Às vezes, William, as coisas não têm explicação. Então não tente encontrar uma ou fingir que ela existe. Não existe explicação. Mas sempre, sempre existe um caminho para ir em frente.

❖

Acontece que, para encontrar meu caminho no exílio, seria necessário mais do que uma visita ocasional da Dona Lavanda desencarnada. A solidão, pode-se dizer, é a ausência de outros. Portanto, usando essa definição clássica, a minha solidão em Bruxelas foi quase tão pura quanto possível. Eu tinha meus donos, claro — para não falar na presença daquelas asas esquivas que faziam *vump* e que podiam pertencer a algo semelhante a uma companhia —, o que deturpava ligeiramente a definição. No entanto, como Napoleão em sua rocha amaldiçoada, nunca me sentira mais sozinho.

Não sou muito dado a citar Berthe. Mas, como na certa jamais vou vê-la de novo, suas observações imbuíram-se de uma pungência, especialmente agora que já não sou um candidato a aliviar sua própria solidão.

— A solidão é um estado de espírito, William — disse ela. — Há uma grande diferença entre estar sozinho e sentir-se sozinho. — Até me lembro de quando Berthe disse isso: estávamos esbarrando um no outro perto da comida do jantar, imprensados contra a cauda de Jonas. Lembro-me também de pensar que Berthe estava mais comunicativa que o normal, e que se eu tivesse como escapar dela, não teria perdido a chance, sobretudo porque o assunto implicava uma necessidade de atenção. — Quanta solidão pode-se sentir no meio de uma multidão! — suspirou ela, empurrando Jonas em vão antes de continuar. — Todo mundo esbarra em mim. Ninguém me olha nos olhos. Não estão nem aí para as minhas ideias.

Isso eu podia compreender. Com algum remorso, lembrei que eu mesmo tratava Berthe daquele jeito. Só a olhara nos olhos uma vez, para nunca mais, porque ela confundira minha educação com paixão e precisei de semanas para me livrar dela.

Assim que chegamos à comida, ela acrescentou algo um tanto perturbador:

— Preferia ser um fantasma em qualquer lugar fora daqui — disse, apontando para o prado —, a me sentir invisível aqui dentro.

Lembro-me de fitar de relance a papada em suas bochechas — não exatamente seu ponto forte — e então voltar o olhar para o crepúsculo por trás da cerca de arame.

— Você já viu algum deles?

— Só Dona Lavanda os vê — respondeu Berthe. — Você tem que ter o dom dela para ver alguma coisa lá fora.

Um calafrio percorreu meu corpo, e fiquei calado. Nunca tinha falado com ninguém sobre o dom que eu supostamente herdara de vovó. Também nunca relacionara o tal dom com nada visível — aparições, por exemplo. Grudei o corpo na cerca e lancei um olhar na direção do muro sul, onde havia visto aquelas silhuetas iluminadas pelo luar.

O crepúsculo era um momento especialmente atmosférico no prado, e não era difícil imaginar todos aqueles fantasmas do campo de batalha andando por ali em suas atividades noturnas. Segundo Dona Lavanda, o trânsito de almas era intenso àquela hora. Certa vez, vovó ponderou que, para preencher as eras de ócio, os fantasmas haviam formado vários clubes para se manterem ocupados: críquete para os britânicos, bocha para os franceses, e por aí vai. Então, se o desejo de Berthe se tornou realidade e ela virou mesmo um deles, pode muito bem ter encontrado fora do cercado as mesmas grandes multidões de dentro dele — e a mesma solidão. A morte resolve muitos problemas, mas não todos.

Mas estou fugindo do assunto.

— Não se encoraja mais a reflexão — lamentou vovó durante meus anos em Hougoumont. — Hoje em dia, a contemplação é exclusividade dos desajustados... ou dos ruminantes. Nossa espécie é capaz de produzir pensadores de primeira classe, sobretudo em cativeiro. É só que você não pode ficar confortável demais. O conforto o torna lento e sem imaginação.

Eu sabia o que estava por vir.

Como que para provar sua tese, vovó virava de costas para a cerca e fitava o interior do cercado. O que significava que eu também tinha que mudar de posição ao lado dela, o que era muito desconfortável.

Jonas erguia o olhar de sua escavação com a indiferença de sempre, tomando o cuidado de não encarar Dona Lavanda diretamente. Ele podia ser um cafajeste e um sedutor, mas, na presença dela, tinha a mesma reverência que qualquer outro coelho.

Precisei de várias tentativas para conseguir fazer a pergunta passar de forma audível por meus incisivos:

— Por que você virou para este lado, vovó?

Durante esses episódios em que observava o cercado, Dona Lavanda em geral entrava num transe profundo do qual levava uma boa meia hora para ressurgir.

Por fim, numa ocasião, ela explicou:

— Estou admirando a beleza na feiura.

Os outros pararam de se esbarrar e perambular. O oráculo não só havia se manifestado, como mudara de posição, uma rara combinação digna de nota. O restante de nós podia mudar de posição por causa de um vento forte, de um pretendente excessivamente fervoroso ou para evitar as botas letais de Emmanuel na hora de nos alimentar. Mas quando Dona Lavanda mudava de posição é porque tinha algo a dizer.

Examinei o interior do cercado: havia feiura suficiente ali. A terra ao longo da cerca que ficava de frente para o pombal abandonado tinha uma tonalidade mais escura por causa da urina. Sementes apodrecidas flutuavam sobre o prato de água. Fazia uma semana que o abrigo não era limpo, e Spode, um defensor da limpeza, havia empurrado uma parte do feno emporcalhado pela porta. Berthe, geralmente mais discreta, deixara uma trilha de dejetos no meio do cercado, e todos que passavam por ali sentiam necessidade de imitá-la (um antigo ritual lagomorfo), o que resultara numa pilha de altura considerável. Mesmo fora do cercado, nessa direção não havia campos sob a brisa para se admirar, só os tijolos em ruínas do muro do pátio e a bicicleta enferrujada de Emmanuel, caída de lado com a roda traseira imersa numa poça.

Encontrar feiura não era o problema. Beleza, no entanto...

Num raro momento de carinho, Dona Lavanda virou-se para mim e disse:

— Você está confuso.

Assenti.

— William, a arte da solidão é apreciar o ambiente ao seu redor.

Assenti novamente. Essa parte fazia sentido.

— Qualquer ambiente.

Meus olhos voltaram-se para as fezes. Já isso fazia menos sentido.

Dona Lavanda mergulhou de novo em seu transe. Dessa vez, levou uma hora para retornar.

— Transforme a feiura em algo fascinante — disse, acompanhando o meu olhar. — Isso mesmo, até uma pilha de excrementos. E você vai ficar fascinado. Sabe...

Ah, eu conhecia aqueles "sabe" tão bem. Em geral, eles precediam uma palestra de tamanho razoável, pontuada pelos costumeiros períodos de silêncio, o que significava que o almoço atrasaria pelo menos uma hora. Segue uma versão resumida:

— "Tédio" é uma palavra inventada pelos humanos e que só eles usam. Se você é capaz de dar as costas para a beleza e ainda achar o mundo um lugar interessante, então é porque você chegou lá. Todas as lições importantes podem ser aprendidas com ferramentas simples à mão. Lembre-se disso, William. Porque um dia você pode se encontrar num ambiente mais desafiador. Não deixe a monotonia estragar o seu espírito.

— Como se faz isso, vovó?

— Bem, vamos começar. — Ela reacomodou as ancas, liberando uma onda potente de mau cheiro. — Você pode usar qualquer objeto como trampolim. Até o lixo

Fitei a pilha crescente de excrementos. (Berthe tinha acabado de acrescentar uma contribuição.) A palavra "trampolim" não veio naturalmente à mente.

— Agora olhe de novo para as fezes. Vamos, William! — Dona Lavanda me beliscou de leve no ombro. — Concentre-se. Muito bem. Agora, devagar, com cuidado, corra os olhos pelo objeto em questão.

Observei a massa escura e brilhante. Como a maioria dos coelhos, não enxergava bem de perto; e, de qualquer maneira, não tinha certeza do que olhar.

— Examine o tamanho e a forma, o objeto como um todo, esse tipo de coisa — continuou Dona Lavanda, impaciente. — Como se você tivesse de fazer um desenho.

Foi o que fiz, imaginando, como quem não quer nada, qual artista desenharia uma coisa daquelas. No mesmo instante senti meus pensamentos desacelerando até assumirem um ritmo mais confortável. O exercício foi um pouco como as aulas da nossa infância sobre a capela, a meditação que deveria abrir um espaço em nossas mentes no qual a luz iria brilhar, mas comparado àquela meditação, o processo parecia muito mais revigorante e significativo — apesar da pilha de excrementos.

— Corra os olhos pela pilha inteira várias vezes — instruiu vovó. — Você está fazendo o que estou falando? Certo. Agora, deixe seus olhos seguirem um círculo invisível ao redor da pilha. E vá aumentando a distância entre o objeto e o círculo. Devagar! —

repreendeu ela. — E não se distraia! Está se sentindo mais leve agora?

Na verdade, eu estava começando a ficar um pouco tonto.

Tentei mais uma vez os círculos lentos. Estranhamente, como se estivesse acordando de um longo sono, algo se moveu dentro de mim: um sentimento crescente em algum lugar na minha barriga. Eu tinha comido bem naquela manhã, sabia que não era indigestão.

Vovó soube na mesma hora que eu havia sentido aquilo. E mais, tenho certeza de que sabia que eu *iria* sentir aquilo. Não era à toa que era chamada de oráculo.

— *Feiura. Sublimação. Apreciação. Contentamento.* Siga esses quatro indicadores o melhor que puder.

Ansioso e consideravelmente fascinado agora, enfoquei cada pedaço de feiura no cercado e tentei a técnica de olhar em círculos. Em pouco tempo, o feno emporcalhado, o prato podre de água e até Spode foram facilmente circulados, abrilhantados e transformados numa espécie de leveza do ser geralmente reservada (pelo que ouvi dizer) aos mamíferos superiores.

— Muito bem — disse Dona Lavanda, sentindo minha euforia. — Você já experimentou a verdadeira beleza: o desapego da beleza física. Você frequentemente se sente mais leve ao olhar para os campos, não se sente?

— Sinto — respondi.

Não tinha pensado nisso antes, mas ela estava certa. Olhar a paisagem, mesmo a *morne plaine* de Waterloo, anima o espírito.

— Bem, pode ser que você não tenha sempre um campo para o qual olhar. Então deve encontrar sua leveza em qualquer coisa que houver diante de si.

— No excremento?

— Qualquer coisa.

❖

Graças à educação rigorosa de Dona Lavanda, depois de apenas algumas semanas em minha nova casa, comecei a sentir os resultados da técnica da visão circular. Não fiz milagres, veja bem. O jardim ainda me era desconhecido demais. Mesmo assim, consegui transformar a peônia em algo elegante ao menos uma vez. E, depois de alguns meses, os tijolos que faltavam ao muro do jardim começaram a parecer seteiras. Não chegava a ser uma exaltação. Mas, ao mesmo tempo, era uma mudança muito reconfortante.

8

Em noites de chuva, eu sempre sonhava com Hougoumont.

Já morava em Bruxelas havia alguns meses e achara que àquela altura os sonhos já teriam parado. Pois, gradualmente, um dia de cada vez, eu vinha começando a me afastar das garras da saudade.

Mesmo assim, algo ainda me afetava. A memória, claro. Mas também uma aceleração imprevisível do ar que tinha um quê de Hougoumont e acontecia todo início de noite. Não havia dúvida de que a minha terra natal havia começado a se acomodar em meus ossos. As imagens, os sons, os cheiros... tudo isso se infiltrara tão profundamente quanto as raízes das castanheiras diante do Portão Sul. Talvez a Hougoumont que levei comigo já estivesse se transformando na fonte daquele poder que Dona Lavanda havia mencionado: a energia de uma ideia ou de um lugar queridos sendo usada com uma boa finalidade.

As criações do sono, no entanto, jamais podem ser controladas.

Assim, a chuva forte sempre trazia o mesmo sonho:

Era a noite de 17 de junho de 1815. Eu estava me abrigando da chuva no celeiro. Apesar da escuridão e da lama, as carroças trazendo suprimentos enfrentavam as poças ao longo da estrada e entravam pelo Portão Norte. As tropas se movimentavam apressadas de um lado para outro, os lábios pálidos de frio e medo. Era como se eu pudesse sentir até o cheiro dos uniformes molhados, rançosos como uma gaiola suja. No sonho, eu via tudo de minha posição elevada, embora, mesmo em meu sono, a lógica tenha prevalecido, e eu tenha ido parar em algum lugar perto do cercado dos coelhos.

Saí até o pátio, livre como a bruma agora, protegido pela estranha generosidade dos sonhos, mediante a qual um coelho branco não atraía atenção alguma para si no meio dos preparativos para a batalha de Waterloo.

A atmosfera estava carregada com a certeza da tragédia iminente, e o agouro me enregelava por inteiro. Minha respiração tornou-se curta. Os homens gritavam por sobre o barulho da chuva, e detectei um tremor nas notas agudas, como se seus corações já soubessem que em breve iriam matar... ou serem mortos. Era como se eu estivesse preso com eles sobre o fio da navalha das circunstâncias, só com o agarrar frouxo da Lua para me impedir de cair. (E torcia para que o deus dos homens tivesse um aperto mais firme.)

Sabia pela minha avó que Hougoumont ficava numa localização estratégica cobiçada tanto pelos exércitos aliados quanto pelos franceses. Wellington havia ocupado a propriedade primeiro e estava determinado a mantê-la. Os homens lotados inicialmente no *château* — de duzentos a trezentos oficiais da tropa de infantaria leve do Coldstream Guards e do Terceiro Regimento do Foot Guards — haviam acabado de atuar como parte da retaguarda na retirada de Quatre Bras e estavam absolutamente exaustos. O calor sufocante e a umidade foram tão implacáveis quanto os franceses.

Da segurança do sono, assisti à preparação das defesas da fazenda para o ataque iminente. Os homens enfrentavam uma tarefa hercúlea: abrir seteiras nas paredes de tijolos; barricar portas e portões; construir degraus de tiro por trás dos muros do jardim, em cima dos quais os soldados pudessem mirar e atirar. Usavam qualquer pedaço de madeira que encontravam: até os móveis do *château* foram destruídos para a causa. Havia pouca comida. Quase ninguém conseguiu dormir. A chuva continuou torrencial, e a temperatura despencou. O dilúvio encharcou igualmente soldados de ambos os lados, embora os defensores de Hougoumont pudessem ao menos se abrigar de vez em quando no *château* e em seus anexos.

Wellington supervisionou pessoalmente todos os detalhes dos preparativos. Mas nem mesmo ele podia fazer algo com relação aos mosquetes entupidos e às mãos machucadas por abrir seteiras com baionetas. Ou ao purgatório que era a lã encharcada esfolando a pele.

Nesse ponto, mesmo dormindo, eu podia sentir a chuva açoitando o pelo...

Charles Short, soldado do Coldstream, estava lá: "Passamos a noite prontos para a batalha, esperando o ataque, e choveu até nossas pernas estarem enterradas pela metade na lama, no campo em que estávamos. Claro que ninguém pôde deitar. Alguns homens sofriam de malária. Eu dividia um cobertor com outro oficial, e, com um pouco de gim, aguentamos bem. Só havia uma fogueira, e você não pode imaginar o nosso estado. Encontramos um barril velho cheio de pães de centeio molhados que serviu de café da manhã."

Ninguém, nem mesmo Dona Lavanda, poderia saber o que era estar na pele de Charles Short — ou na de qualquer um entre as outras dezenas de milhares de soldados enterrados na lama naquela noite. Mas é possível se colocar no local exato em que eles estavam... e imaginar o que viram. Não é preciso nem a chuva nem a lama para sentir o que estou falando. Você só tem que ficar bem paradinho, e, lá dentro de você, o tempo vai dar conta do resto.

Agora vá até lá: adentre o coração silencioso de Hougoumont.

Aquela noite em ebulição está mais próxima do que você imagina.

Não se mexa... as pedras do chão brilham sob os seus pés na chuva forte. Feche os olhos... marretas batem contra a pedra, gritos varam o pomar e ecoam pelos celeiros. Sob a parca luz dos lampiões, silhuetas se apressam para tirar a munição da chuva e levar para o *château*. Elas contornam a capela, como se fosse só mais um anexo da fazenda, e você se pergunta por que não entram um pouco.

Porque, para muitos deles, essas seriam suas últimas horas.

❖

Numa manhã, cansado por causa de um desses dramáticos sonhos sobre os preparativos para a batalha, dormi a maior parte do dia e acordei numa noite calma com um gotejar esparso. Um pequeno passeio não cairia mal, pensei.

A chuva enfim havia parado, e uma sonolência agradável envolvia o jardim. Já estava com minha nova dona havia tempo o suficiente para saber que, no léxico humano, esse tipo de noite era mais propício ao romance do que ao perigo. Para meu espanto, eu tinha começado a entender essa lógica muito bem e até adotara alguns de seus excessos, embora o excesso em questão — passear à noite — fosse um pecado mortal em nosso mundo, provavelmente o mais escandaloso de todos.

A chuva havia criado umas nuvens frias de neblina que entrelaçavam as sombras e o gramado alagado. As pequenas folhas dos freixos, que tremulam ao menor sinal de brisa, jaziam estranhamente imóveis. O adágio da noite era pontuado apenas por uma ou outra gota ocasional, pingando de uma folha para outra.

Caminhei até o centro desabrigado do jardim e hesitei. A grama já havia encharcado o pelo da minha barriga, tornando-o desagradavelmente pesado. O sol havia se posto cedo... o crepúsculo estava vacilante. E eu estava quebrando todas as regras do cânone dos coelhos.

Olhei para cima: além do muro, uma estrela brilhava debilmente, esmaecida pela luz acinzentada da cidade. Talvez fosse a mesma estrela que nos observava quando entrávamos no abrigo para passar a noite. Sempre desejei ficar do lado de fora, sob a grande abóbada do céu! E agora, ali estava eu, fazendo exatamente isso, mas a tal abóbada bocejava friamente, e, embora eu fosse um aluno razoável das circunstâncias, sentia-me um analfabeto diante de tanta grandiosidade. Pois, pela primeira vez, pensei na Lua em cores mais sutis do que o preto e o branco de sempre. Sempre fôramos treinados a imaginá-la como o principal árbitro da vida e da morte, situações claras que não precisam de muitas nuances. Ou se está vivo ou se está morto. Esse tipo de raciocínio.

Naquela noite turva, no entanto, imaginei um ser superior de matizes mais brandas e compassivas. Pardo, talvez. Com pintinhas marrons nas bochechas, como Spode. E algum tipo de fraqueza, como desenterrar bulbos de primavera logo antes de eles brotarem, e depois ficar com indigestão. Pensei que, com um trabalho tão estressante e tão poucos dias de folga, a Lua devia gostar de descansar numa noite como aquela, em que parece haver uma calmaria no negócio da vida e da morte.

De repente, Dona Lavanda surgiu. Em geral, eu teria sentido seu cheiro se aproximando, mas, curiosamente, ela não tinha odor nessa encarnação.

William! Deixe de ser idiota. Volte para o abrigo agora! Ela nunca foi de medir as palavras. De qualquer forma, como eu podia esquecer a lição que ela martelara para a gente — a lição sobre o entusiasmo descuidado de Napoleão na manhã de Waterloo? A tranquilidade com que o imperador tomava seu café da manhã nas barbas da batalha era exatamente o tipo de comportamento irrefletido a respeito do qual vovó sempre nos alertava. "Esta noite, vamos jantar em Bruxelas!", proclamou Bonaparte, pedindo até um ombro de carneiro bem-passado para a ceia. Mas é claro que ele não chegou a jantar em Bruxelas. Naquela noite, não jantou em lugar nenhum.

De acordo com um de seus ajudantes pessoais, Jardin Aîné, Napoleão fugiu do campo de batalha não muito antes da meia-noite e passou a madrugada viajando. Lá pelas quatro da manhã seguinte, depois de passar por Charleroi, o imperador parou num acampamento improvisado para se esquentar junto a uma fogueira e disse ao general Corbineau:

— *Eh bien, monsieur*, realizamos um grande feito.

Ao que Corbineau respondeu:

— Senhor, é a total ruína da França.

Napoleão deu de ombros e virou as costas para o general. Emaciado e drenado de toda a cor, aceitou um pequeno copo de vinho e um pedaço de pão que um de seus escudeiros tinha por acaso no bolso. Em seguida, remontou e saiu galopando.

Certo, então, além de seus problemas digestivos, Napoleão sofria de excesso de confiança. No entanto, pagou caro por isso, não pagou, com aquele jantar abominável?

❖

Tinha total intenção de voltar para o abrigo depois da bronca de Dona Lavanda. Mas algo me deteve. Não sei o quê, exatamente.

Examinei os recessos do jardim com olhos embaçados. As nuvens de bruma pareciam estar se aglutinando agora, como se sua origem não fosse puramente atmosférica. Estava usando o meu dom e lendo o ar? Tremi. A bruma suspeita estava apenas a um passo do conceito de fantasma, que eu nunca digerira muito bem. Sabia que Dona Lavanda os via de tempos em tempos, na extremidade oposta do prado. Vovó nunca conseguira dizer se estavam usando uniformes franceses ou ingleses, mas, segundo ela, a questão era que, não importa quem fossem, pelo menos não estavam atirando em ninguém.

O *vump* veio do nada.

— Ora, ora. — A voz era fria e cheia de desdém. — Passeando por aí à noite, é?

Minha única resposta foi uma coxa trêmula.

— Tenho observado você ultimamente — continuou a voz. — Vejo que está finalmente baixando a guarda.

— Quem... quem é você? — gaguejei, com menos educação do que poderia ter feito caso a aparição tivesse se apresentado como deveria.

Não podia ser um gavião, pensei, aliviado. Gaviões não têm tempo para bater papo.

A criatura se aproximou, bateu uma asa, então deitou a cabeça num movimento elegante.

— Nunca perco tempo com nomes — disse ele, pois agora já dava para saber que era "ele", um melro, o melro mais urbano e sem rodeios que já tinha visto.

Já havia reparado nos melros indo e vindo no jardim. Em geral, estavam sempre tão apressados que pareciam mais mensageiros do que moradores. Mas, nos instantes após a aurora e antes do pôr do sol, o ar ficava imóvel, e era nessas horas que os melros se demoravam por ali. E faziam do pátio de jardins murados sua basílica ao ar livre. Empoleiravam-se em chaminés, galhos mais altos ou cumeeiras de telhados e, de lá, entoavam sua mais doce canção. Às vezes, trinavam mais baixinho, como se estivessem pensando em voz alta ou conversando com outro pássaro num canto oposto do santuário. Nunca soube exatamente sobre o que cantavam. Mas era impossível não detectar emoções maiores: paixão, lamento, devaneio, exultação. Esses bardos da meia-luz eram capazes de amortecer qualquer coisa — até a solidão extrema.

— Você demorou para tomar coragem e sair depois do pôr do sol — disse o melro.

Ele ajeitou o peso do corpo, inclinando-se com delicadeza para a direita e depois para a esquerda, como se estivesse me avaliando por completo.

— Minha espécie nunca sai depois do entardecer — respondi. Estava prestes a dizer que me chamava William, mas, como ele mesmo falou, o melro não se interessava por nomes, e, de qualquer maneira, eu estava bem incomodado com o fato de que parecia estar me observando havia algum tempo sem o meu conhecimento. — Você não tem medo dos gatos? — perguntei.

— Não. Gatos são uns burros, parasitas inúteis. Mas ainda assim há que se ter cautela.

Desviei o olhar. A criatura parecia culta — ao menos para alguém de criação humilde. E falava com uma ironia incongruente para um mestre da melodia austera.

— Já ouvi seu canto de onde vim — comentei, tentando puxar assunto. — É um primor.

O melro ignorou o elogio.

— De onde você é?

— De Waterloo. Hougoumont, mais especificamente.

— Waterloo...

— Isso! — Desde que saíra de casa ainda não tinha ouvido a palavra ser pronunciada em voz alta. — Você conhece?

Ele respondeu:

— A rua para Waterloo fica logo ali, atrás daquelas casas. Ainda se chama Chaussée de Waterloo. O próprio Wellington passou por aquela estrada. A Pelouse des Anglais fica aqui perto, sabia? "O gramado dos ingleses." Recebeu o nome por causa da partida de críquete que os soldados de Wellington jogaram às vésperas da batalha.

Olhei além do muro para as silhuetas das chaminés e dos telhados contra o céu noturno.

— Não sabia disso — falei, espantado com a descoberta de que estava o tempo todo tão perto da rua que levava de volta a Waterloo... à minha casa.

Do jardim, eu conseguia ouvir o barulho do trânsito, não havia dúvida, e uma ou outra buzina ou sirene estridente, mas nunca imaginara que um ruído tão banal pudesse sugerir destinos gloriosos.

Esquecendo-me por completo de meu visitante, ergui o nariz para o alto e tentei imaginar o som dos cascos de cavalos e das rodas das carruagens abafando o barulho dos ônibus e das viaturas de polícia.

— Então você já ouviu falar na batalha de Waterloo? — perguntei, embora o melro esbanjasse sofisticação e fosse óbvio que soubesse alguma coisa da história do lugar.

— A natureza nunca se recupera por completo de cataclismos humanos — disse ele, distante. Fiquei perplexo. Ouvir as palavras de Dona Lavanda repetidas daquele jeito, por alguém que eu mal conhecia, foi surpreendente, sobretudo quando ele acrescentou: — Todos os animais que estavam perto de Waterloo sentiram que ia acontecer alguma coisa. A experiência foi passada adiante ao longo das gerações até o dia de hoje por meio da memória coletiva.

Observei meu interlocutor mais de perto. Havia algo a seu respeito que eu não sabia exatamente como avaliar. O melro parecia não apenas bem-versado em história, mas era como se estivesse se movendo elegantemente segundo o ritmo dela. E com uma aura de outra época. Até brinquei por um instante com a ideia de que seu porte não teria ficado fora de contexto no baile da duquesa de Richmond. O modo como a criatura virava a cabeça e batia a reluzente asa conjurava toda a nobreza do evento. Talvez tenha sido príncipe em outra encarnação. Ou duque...

Num capricho, decidi chamá-lo de Arthur ("duque de Wellington" soava formal demais). Mas só para mim, claro, já que ele não parecia gostar de apresentações, e eu não sabia se possuía senso de humor. Tinha um jeito meio distante, com aquele ar de superioridade tão desestimulante para criaturas menos dadas a conversas como eu. Encolhi-me junto à grama molhada e girei a orelha direita numa boa imitação de Dona Lavanda, tentando parecer mais sofisticado. E arrisquei:

— Sua família tem memórias coletivas?

O pássaro deitou a cabeça. (Um chapéu bicorne teria lhe caído muito bem.)

— Meu tio-avô mora com a família atrás do estacionamento do Wellington Café, bem na beirada do campo de batalha. Os seres humanos têm memória curta, não é?

A pergunta me fez abandonar com um sobressalto minhas pretensões de interpretar o ar. Havia passado pelo Wellington Café no caminhão do fazendeiro a caminho do *marché*. Acho que estava absorto demais em minhas reflexões naquela hora para considerar a insensibilidade de se construir um café no local de uma carnificina.

— As pessoas ficam sentadas na varanda, bebendo seus cafés — continuou Arthur. — Não têm ideia de que estão diante de um campo onde o centeio foi completamente achatado por cadáveres dos de sua própria espécie, baleados ou retalhados. Ah, elas acham que sabem o que aconteceu aqui. Mas o progresso evolucionário delas parece andar para trás. Esquecem gradualmente a magnitude do que fizeram. Ou, no mínimo, tentam disfarçar a violência como glória, até que, com o tempo, não conseguem mais sentir o que ainda persiste no ar. Não do jeito que nós somos capazes. Então, sem qualquer escrúpulo, constroem cafés em cemitérios. Nunca evoluem muito para além da arte da guerra. Na verdade, fazem exatamente o contrário. Parece que não se cansam dela.

Empertiguei-me, impressionado que algumas das lições de minha educação relativamente isolada do restante do mundo pudessem ser compartilhadas por criaturas mais cosmopolitas.

— De qualquer forma — continuou Arthur —, esse tio meu tinha um avô que tinha um primo cujo avô muito distante de segundo grau testemunhou Quatre Bras. É assim que a gente mantém a nossa memória.

— Fui criado por alguém assim — comentei, com ar sonhador. — Quer dizer, ela era especialista em Waterloo. Tinha também um... bem... — Fiz uma pausa. — Um *dom*. Minha avó é capaz de ler essas coisas de que você estava falando. No ar, no solo... em todos os lugares.

A menção à Dona Lavanda pareceu interessar o melro. Ele se aproximou de mim, as penas negras reluzindo suntuosamente na bruma. Naquele momento, não parecia nem um pouco um pássaro, mas um ser importante, de requinte. O nome que eu dera a ele por puro capricho, na verdade, parecia se adequar perfeitamente.

Permiti-me um momento de devaneio e pensei no Wellington Café. O lugar ficava do outro lado do vale em relação a Hougoumont. Em seu cavalo baio, Copenhagen, o duque atravessara o campo que Arthur descrevera. (E, pensando bem, um café teria sido uma adição bem-vinda à refeição matinal de chá com torradas.) Eu sabia, pela minha avó, que a serra estratégica de Wellington ficava logo depois de onde hoje está o centro turístico. Na verdade, o monte em forma de cone com o leão no topo foi construído com terra retirada dessa serra.

Fiquei mastigando, distraído, uma folha seca e considerando a personalidade grandiosa de Arthur. Pareceu-me que talvez a crença humana de que falei lá no começo não esteja tão errada com sua roda da vida. Talvez não devêssemos dispensar as aves — nem criatura nenhuma, aliás — assim tão depressa. Pois, quem sabe, num giro auspicioso da roda, uma delas não pode ter sido um duque famoso?

— Ela ainda está viva, sua avó? — perguntou Arthur.

— Está! — Meu coração disparou. Então a velha dor por Hougoumont tomou conta de mim: — Quer dizer, não tenho certeza.

Na verdade, desde que deixara a fazenda, não tivera notícia alguma da Dona Lavanda física. (Suas outras manifestações, como falei, não eram raras.) Já tinha experimentado naquela noite uma ousadia sem precedentes, me aventurar do lado de fora durante o crepúsculo. E tal ousadia foi generosamente recompensada por esse encontro extraordinário. Por isso, parecia natural aproveitar o momento e perguntar:

— Será que você, como um ser do ar, poderia conseguir notícias dela? Minha avó se chama Dona Lavanda. E tem os outros membros da família também.

Arthur chegou perto de mim como quem se aproxima de um parceiro de dança. Então, virou-se de repente e começou a correr pelo gramado.

— Dona Lavanda — murmurou. — Hougoumont. Vou fazer o possível.

E, com isso, levantou voo sem esforço até o alto do muro, balançou o rabo e partiu.

Só existem duas coisas na vida, William: a terra e o céu. Nós vivemos em uma e depois vamos para a outra. Não há meio-termo. Essa antiga filosofia dos coelhos ainda é ensinada em algumas colônias tradicionais. Cresci com ela e nunca a questionei. Mas, ao ver Arthur mergulhar no crepúsculo, meio asa, meio ar, me peguei duvidando da sabedoria que me fora transmitida. Pois ali estava uma criatura que de fato parecia habitar o meio-termo — e com tanta naturalidade que o imaginei transitando casualmente da terra para o céu pelo menos duas vezes ao longo do dia, e de novo à noite, só por diversão, sem demonstrar o mínimo sinal de fadiga.

Arrastei-me de volta para o abrigo, o pelo encharcado me ancorando com firmeza à terra. Como disse nossa sábia, para os coelhos não há meio-termo.

9

Depois de deixar Hougoumont, precisei de alguns anos de treinamento para praticar com sucesso o que aprendera com Dona Lavanda sobre encontrar a beleza. A arte da solidão era fundamental para o seu ensinamento, por isso, era de fato uma ironia que meu persistente estado de solidão em geral só produzisse tristeza crônica, e não a leveza no cerne de sua lição.

Feiura. Sublimação. Apreciação. Contentamento. De alguma forma, eu simplesmente não conseguia passar do primeiro indicador.

Uma tarde, no fim do verão, estava circulando o olhar ao redor de uma área do muro especialmente feia e recoberta de mofo, quando Arthur apareceu.

Virei-me na direção dele, atordoado.

— Estava envolvido num delicado exercício mental, e você quase me mata de susto!

Educado, ele deu um passo para trás e pediu desculpas.

Olhei fervorosamente o muro. O mofo não mudara em nada. Na verdade, estava mais feio e repulsivo do que nunca, e, até onde eu podia dizer, jamais mudaria. O último objeto que havia usado com sucesso como trampolim para o espiritual fora o vaso sanitário descartado, e isso tinha três semanas, quando, num raro momento de transfiguração, um raio de sol caíra diretamente sobre ele. Dona Lavanda, provavelmente, consideraria aquilo uma trapaça.

Resolvi então pastar não muito longe de onde Arthur estava vasculhando com o bico um trecho de terra nua. Ficamos assim por um tempo, mastigando e bicando em silêncio. O melro parecia quieto, sério. Eu havia notado que ele e os de sua espécie tinham parado de cantar quase que por completo, um sinal claro de que o outono estava chegando e as frivolidades da primavera estavam tão distantes em ambas as direções do calendário quanto possível.

Por fim, reuni coragem para fazer a pergunta. Engraçado, não é?, como as coisas pelas quais mais ansiamos descobrir muitas vezes são as que menos queremos saber?

— Alguma notícia de Hougoumont?

Arthur saltitou depressa pelo gramado; em seguida fez diversos movimentos, aproximando-se e afastando-se da peônia como se estivesse dançando. Com sua plumagem formal e o porte urbano, parecia de repente tão semelhante ao seu homônimo que minha opinião a respeito do animal humano suavizou-se momentaneamente.

— Fui lá eu mesmo — respondeu Arthur.

Olhei para ele.

— Mas fica a vários quilômetros de distância!

— Você obviamente não tem asas — debochou o pássaro, esticando languidamente um de seus membros.

Meu espírito se elevou. Não podia acreditar em minha sorte, estava cara a cara, ou melhor, focinho a bico com alguém que tinha de fato visitado minha terra natal! Ofegante, listei o nome de todos os integrantes da colônia de meu tempo por lá, usando as descrições mais vívidas possíveis, para o caso de Arthur os ter descartado apenas como um grupo de roedores anônimos.

— Sabe aquele que se joga contra a cerca? — E: — Você não pode ter deixado de notar o senhor idoso e também uma coelha sem graça de bochechas caídas...

— Notei, notei — comentou Arthur, discretamente impaciente. — Conheci todos eles.

Eu hesitei.

— Bem, todos menos um.

Fizemos uma pausa, assimilando silenciosamente o nome de Dona Lavanda. De alguma forma, eu sabia que ela não tinha voltado.

— Nunca mais foi vista — disse Arthur baixinho.

— Desapareceu na noite anterior à minha partida — comentei.

Quanto tempo tem isso? Com dificuldade, tentei calcular os anos desde minha saída de Hougoumont. Sete? Oito? Na verdade, não tinha ideia de quanto tempo estava em Bruxelas. As estações do ano na cidade não pareciam ser do mesmo tamanho que no campo. Ou talvez todos os eventos notáveis que marcam os dias rurais — o vento, a chuva, a neve, o gelo, a escuridão — sejam menosprezados na cidade como pequenos incômodos, e a vida continue independentemente deles, embora seja pálida e incompleta. E, por mais que eu levantasse o nariz para o céu e estudasse as circunstâncias inúmeras vezes por dia na cidade, cada vez que o ciclo do ano terminava e as estações recomeçavam, eu ficava mais confuso quanto ao número de ciclos que tinha se passado.

— Ouvi notícias no bosque perto da antiga estrada de terra — disse Arthur. — Aparentemente, aconteceu alguma coisa grande em Hougoumont.

As pontas das minhas orelhas ficaram geladas.

— Como assim?

Imaginei que Arthur não estava se referindo à grande coisa que acontecera em Hougoumont duzentos anos antes. A maioria dos animais tem uma interpretação um pouco mais modesta desse adjetivo que vocês. "Grande" serve para descrever o momento em que alguém é levado para o matadouro, por exemplo. Não uma importante batalha europeia.

— Algo... *inexplicável* — respondeu Arthur.

— Inexplicável? — Minha voz era quase inaudível.

— Tive a mesma reação que você — disse ele. — E não sou dado a histórias fantásticas.

Era verdade, Arthur era um pragmático contumaz; algo em sua eficiência incansável, acho, e na determinação singular. Mas, até aí, havia também o seu canto pungente. Aquele pássaro não podia ser inteiramente avesso à fantasia.

— O tempo estava horrível na noite em que sua avó sumiu — disse ele.

— Isso mesmo, eu sei! Eu estava lá. — Sentia-me ansioso por informações novas. — Provavelmente tão ruim quanto em 1815! A lua estava quase cheia também, embora as nuvens não deixassem passar muita luz... O que mais você descobriu?

— Houve um som vindo do cercado dos coelhos.

— Que tipo de som?

— Um gemido. Ou um suspiro. Algo parecido com isso.

Quase engasguei.

— Alguém abriu o portão!

— Aparentemente o portão faz um som bem característico — comentou Arthur.

— Faz...

Como não percebi? Devia estar mesmo com a cabeça enfiada no fundo da pilha de parentes roncando. Minhas orelhas giraram diante da lembrança do gemido triste do portão. O lamento de madeira rangendo contra madeira sempre significava uma de duas coisas: que Emmanuel finalmente estava vindo nos ver ou que o fazendeiro vinha levar um de nós embora. Não conseguia pensar em outra possibilidade.

Até agora.

— Então Dona Lavanda foi embora pelo *portão*? — exclamei.

Parecia improvável, para dizer o mínimo. A ideia de Emmanuel acordando de seu ronco, desajeitado no meio da noite, e montando na bicicleta para pedalar até a fazenda com o único propósito de abrir o portão do cercado era, claro, absurda. De qualquer forma, ele nunca ia a Hougoumont depois que escurecia.

Mas quem mais poderia ter sido?

— Você falou com alguém na colônia sobre isso? — perguntei.

— O idoso das manchinhas.

— Spode!

— Ele mesmo.

— Spode contou o que aconteceu a Dona Lavanda?

— Contou — respondeu Arthur.

Aquela palavra sozinha me encheu de entusiasmo. Ainda assim, meu estômago afundou de decepção. *Por que Spode não me contara ele mesmo durante a conversa que tivemos antes de eu ir embora?* Ficou falando só da fuga de Dona Lavanda de muitos anos antes. Presumi que não tinha testemunhado a aventura da noite anterior.

— Monsieur Spode ouviu o som do portão — continuou Arthur. Fiquei maravilhado com a graciosidade do melro ao mencionar o velho ranzinza. — Ele espiou pela porta do abrigo para ver o que estava acontecendo.

Eu conseguia até ver Spode se espremendo por entre as fileiras de coelhos adormecidos para chegar à porta — que, na verdade, era só uma grade de metal emoldurada e presa com um gancho. (A grade tinha a vantagem adicional de permitir que alguns dos odores do abrigo se dissipassem.) Mas eu sabia que não dava para ver muito através dela, muito menos o portão, que ficava do outro lado do cercado.

— Ele não pode ter visto alguém abrir o portão através da porta do abrigo — falei.

— Ele não viu.

— Então, talvez não tenha sido nada. — (Por que dizemos coisas que nem nós mesmos acreditamos?)

— Pare de interromper e ouça!

Empertiguei-me como um soldado raso errante diante do tom de Arthur. Ele sem dúvida tinha o talento de um comandante para dar uma boa bronca pelo nosso bem. Todos os nervos do meu corpo o obedeceram, e também não o culpei por sua indelicadeza. Imagino que Wellington tenha usado exatamente o mesmo tom com seus homens antes de começar a batalha em Hougoumont: "Não saiam do lugar até receberem ordens minhas."

Arthur continuou:

— Monsieur Spode diz ter visto uma silhueta bípede recuando através do prado com duas silhuetas menores, quadrúpedes.

Levei um instante para processar todos aqueles números.

— Logo depois de ter ouvido o barulho do portão?

— Isso.

Mais uma vez considerei a possibilidade de o preguiçoso Emmanuel ter aparecido na fazenda, superando seus medos da noite de Hougoumont e embarcando numa missão única e drástica — daquelas que apagam para sempre o desprezo que as pessoas têm por você, mesmo que a missão seja só libertar uma velha coelha misantrópica. Gostaria muito de acreditar nessa versão. Acho que Emmanuel, como todo mundo, tem qualidades ocultas. E, de qualquer maneira, não havia outra explicação racional para a abertura do portão ou para a figura bípede, a menos que Waterloo tenha se tornado de súbito um antro de roubo de coelhos.

Cautelosamente, imaginei uma explicação menos racional.

Mas, antes que pudesse me aventurar nesse território, Arthur disse:

— Spode tinha certeza de que uma das silhuetas menores era a própria Dona Lavanda. De qualquer forma, o animal movia-se pesadamente. A outra... — Ele hesitou. — O *monsieur* acha que a outra era um animal de pelagem clara. A cor exata não sabia dizer.

— Estava enevoado e chovendo forte — comentei. — É difícil identificar as cores.

Não me lembro de quão visível estava a lua aquela noite. Mesmo sob chuva torrencial, quando a lua está cheia, a área rural se cobre de certa luminosidade que não existe na lua nova.

Não tinha ideia se esse detalhe era tão importante para a espécie de Arthur quanto era para a minha. Nunca ouvi falar de que houvesse um melro na lua para fazer companhia ao coelho. Ainda assim, com toda essa atividade peculiar no prado de Hougoumont, parecia possível que houvesse ali um dedo da própria Lua. Será que ela podia abrir portões?, me perguntei. Se pudesse, por que demorou tanto? Havia duzentos anos que existiam coelhos em Hougoumont, afinal de contas.

Estava na dúvida se comentava isso com Arthur, por isso falei, resignado:

— Alguém deve ter levado minha avó. Hougoumont é um lugar isolado. Você viu. Mesmo antes de eu sair, a fazenda estava em declínio. E ladrões não são tão incomuns na região...

Não tive coragem de continuar. Gangues modernas às vezes percorriam as aldeias adormecidas nos arredores de Waterloo. Talvez não tivessem a fama dos saqueadores das eras napoleônicas, mas semeavam o mesmo medo. Estavam sempre à procura de algum objeto que pudessem levar consigo e vender. Alguém fugira até com o crucifixo de valor inestimável da capela de Hougoumont!

Comecei a tremer. Algum fora da lei que já teria feito seu saque principal da noite pode ter notado o cercado dos coelhos, visto Dona Lavanda do lado de fora do abrigo e se divertido com a ideia de ter um belo par de luvas — ou quem sabe uma refeição (no caso dela, talvez duas).

Arthur interrompeu minha crescente melancolia.

— Acho que ela não foi levada — disse.

— *O quê?* Por quê?

— Porque, aparentemente, ela e o outro animal estavam *seguindo* a pessoa até o outro lado do prado.

Um comportamento sem precedentes entre coelhos — e impensável no caso de Dona Lavanda. Meu coração disparou: ela saiu por vontade própria!

— Mas quem era a pessoa? — perguntei.

— Spode disse que o bípede usava roupas diferentes — comentou Arthur. — E estava carregando alguma coisa... Ele não viu o que era.

Aquela conversa tinha algo de não dito. A silhueta que Arthur descrevera não parecia ninguém que eu conhecesse. Não era o fazendeiro. Nem Emmanuel... pelo menos, não o Emmanuel desprezado por todos. E ela — ou ele — não se encaixava na descrição de um saqueador ou ladrão.

Ao que parece, a explicação menos racional deu uma volta e apareceu de novo.

— A espécie de vocês tem um deus? — perguntei a Arthur, não tão descontraído quanto pretendia.

— Só um tipo de luz — respondeu ele.

— E essa luz é capaz de abrir portas?

— Não.

Era o que eu esperava de alguém tão pragmático quanto ele. Até o melro acrescentar:

— Quer dizer, eu achava que não até ir a Hougoumont.

Fitei Arthur, sem saber se o pássaro estava só falando da memória coletiva que acreditava pairar sobre Waterloo ou de outra coisa: as sombras no muro sul, por exemplo. Ou a própria atmosfera de Hougoumont, que se espessava num formato específico, identificável.

— Então você sentiu — falei. — Aquela presença no ar.

— Senti. Mas não tenho a mesma necessidade que você de identificá-la. Afinal de contas, uma presença pode assumir muitas formas.

O que sabíamos até agora?, me perguntei. O portão fora aberto. Dona Lavanda e outro animal seguiram uma silhueta humana desconhecida ao longo do prado. O humano estava carregando algo não identificado. E ninguém voltou.

Isso é tudo.

Pensei por um instante em Spode, lembrei do amor não retribuído que sempre nutrira por Dona Lavanda, e minhas críticas a ele se suavizaram. Pois só então percebi a angústia que deve ter sentido. Não só por ele não estar lá fora, de vigia. Mas porque havia testemunhado o objeto de sua devoção partir por vontade própria para nunca mais voltar. Ao deixar de me contar isso, Spode havia traído seu remorso e seu profundo e dolorido ciúme.

Arthur quebrou minha linha de raciocínio:

— Monsieur Spode também disse outra coisa.

Hesitei.

— O quê?

— Ele ouviu um barulho aquela noite, umas batidas. Perguntei se era um galho. Ou um pedaço de cerca ao vento.

— Sim, sim — afirmei. — Tem uma faia velha perto do muro sul que faz esse barulho. Principalmente quando o tempo está ruim.

— Talvez. Mas ele disse que as batidas eram diferentes do normal. Muito ritmadas. E não combinavam com o vento.

10

Este é um episódio particularmente doloroso e que envolve impulsividade, estupidez e total equívoco a respeito dos sonhos.

Depois de anos sendo deixado para trás quando a família de minha dona saía de férias, finalmente chegou um verão em que eles decidiram me levar junto. E não foi só um passeio pelos arredores da cidade — uma excursão pela Chaussée de Waterloo para ver minha terra natal, por exemplo, o que eu teria adorado. Não, a viagem foi uma odisseia tanto para o corpo como para o espírito. E, embora o destino da família tenha sido a Normandia, o meu era muito mais distante: tão longínquo quanto o sublime trecho de verde no fim do Caminho Escavado.

Viajei na mesma gaiolinha em que fora trazido do mercado. Poético, não é?, levar o inocente desavisado para uma viagem fatídica no mesmo veículo em que fora resgatado do matadouro? Uma trajetória um tanto circular, filosoficamente falando. Uma metáfora para o Caminho, quem sabe. Em retrospecto, talvez devesse ter me preparado melhor, já que me sentia, como num presságio, como Napoleão em sua gentil égua branca, Desirée: usando um bom meio de transporte a caminho do desastre iminente.

E que maravilhoso o destino pareceu a princípio! A casa, na verdade, era um *château*. Seu dono — um fazendeiro que passava a maior parte do tempo levemente embriagado, dirigindo um trator — alugava alguns cômodos da propriedade. Mesmo Jonas, que é um daqueles sujeitos cansativos que acham que quanto maior, melhor, teria ficado impressionado.

A experiência começou com uma vibração significativa: uma sensação de *déjà vu* sem a parte do "*vu*". O que quero dizer é que passei meus primeiros anos sob a sombra de um *château* fantasma — Hougoumont — que na nossa época só existia no registro histórico. Nunca tinha visto o *château* de fato. Durante toda a nossa jovem vida, apenas imaginávamos sua história... o requinte de prosperidade e a queda épica. Tudo o que podíamos era inalar o ar próximo às paredes destruídas e, a partir dele, construir nossas próprias Hougoumonts imateriais.

Assim, até aquele dia em que o carro da família fez a última curva da viagem na Normandia, eu só conhecia um *château* fantasma.

Agora, no entanto, estava diante da coisa de verdade: torres, balaustradas, vidraças brilhando como mil olhos. Dentro do *château*, havia hectares de piso de parquê, tetos com afrescos tão distantes que era preciso a luneta de Wellington para distingui-los e outros luxos que não necessariamente tornam a vida mais confortável. Só deixam a gente mais cansado.

Naquela casa, ir do prato de água até o local de dormir exigia um mapa e uma bússola. Eram 13 passos entre a geladeira e a pia. Treze! Uma distância estapafúrdia para lavar uma folha de alface. Com certeza era uma cozinha para empregados, onde as cozinheiras furavam os sapatos de tanto andar só para servir os nobres senhores desocupados lá em cima, em salões cheios de correntes de ar.

À noite, eu dormia no chão da cozinha, na gaiolinha branca. Mas, durante o dia, ficava lá fora. E não era um quintal qualquer: o terreno era enorme, com um bosque de árvores altas, um lago, campos não cultivados e ventos indomáveis. As sensações eram muito mais insistentes do que qualquer uma que eu conhecesse de Hougoumont. Ali ficava o Desconhecido dos Desconhecidos. Até Jonas teria recusado a ideia de se aventurar nele.

O proprietário construiu um cercado para mim e usou uma caixa grande de madeira para fazer um abrigo, dizendo, com um sorriso irônico, que um dia a caixa servira para guardar carne. Foi muito gentil da parte dele. Quer dizer, não são muitos os coelhos que têm direito a acomodação dentro *e* fora de um *château* francês — ainda mais sem serem esperados na mesa de jantar.

Bastaram poucos segundos no cercado improvisado, e eu senti: aquela agitação na barriga que tentara sufocar por toda a minha juventude... o misterioso gene selvagem que herdara e que experimentara em ação durante a fuga de Dona Lavanda ao luar.

Hougoumont era uma fazenda, portanto, é claro que vivíamos em meio aos cheiros campestres. Mas mesmo quando um aroma tentador chegava a nós com o vento, ou um sinal enigmático era emitido de algum lugar além das árvores, o efeito geral era diluído pelo mau cheiro e o caos do cercado.

Mas aqui... aqui...

Meu dom para ler as circunstâncias e aquela pulsão fervente em meu sangue estavam em rota de colisão.

Sentia-me impotente para escolher entre os dois.

Era como se tivesse passado a vida toda esperando aquilo. Minhas ancas ficaram cansadas de tanto me erguer para tentar pegar as coisas no ar. Não tinha ideia de como Dona Lavanda conseguia fazer aquilo na sua idade! Cheiros que eu conhecia bem — dente-de-leão, por exemplo — inundavam os sentidos. Mesmo com minha visão turva, podia ver o porquê:

um pouco além da cerca havia um gramado com tantos dentes-de-leão que parecia uma alucinação.

Sim, claro... Como me lembro da aula sobre os dentes-de-leão.

— A vida não pode ser vivida indiretamente, William. — (Dona Lavanda de novo.) — Ninguém é capaz de descrever verdadeiramente um dente-de-leão. Você tem que experimentar um por conta própria, mesmo que isso signifique se arriscar. E ninguém pode dizer que viveu até ter se arriscado ao menos uma vez. Concorda?

Lembro-me de achar estranho que ela tenha acrescentado aquela pergunta no fim. Vovó sabia que eu havia me arriscado ao cruzar o portão de Hougoumont. Será que achava mesmo que eu precisava de mais riscos?

Você quer mesmo ser como Jonas, William? Era outra pergunta que Dona Lavanda costumava fazer, e a questão ressurgia agora em completo esplendor interrogatório, enquanto eu fitava a Normandia selvagem por cima da cerca. Quando percebi que realmente não queria ser como Jonas, já era adulto. Mas ali estava eu, um coelho de meia-idade, me fazendo a mesma pergunta.

E como Jonas teria desejado a vista! Atrás do *château*, a paisagem ficava gradativamente mais emocionante. Como os olhos dos coelhos são projetados para detectar gaviões se aproximando, e não as formigas no solo, o horizonte extenso era um bônus especial. Além dos dentes-de-leão — que já seriam um nirvana para qualquer um —, havia mais gramados tentadores. E, além deles, cintilavam prados de grama alta que pareciam saídos dos versos cantados por nossos bardos de orelha comprida desde os primórdios de nossa história. Aquele Desconhecido maravilhoso era quebrado apenas por um anel de floresta que se erguia no limite da minha visão como um portal para outro sistema solar.

Meu sangue se agitou, meu coração disparou. Lembrei-me momentaneamente de liderar a colônia (com o infeliz Caillou a reboque) para fora do portão, e minha empolgação esfriou um pouco. Jonas, no entanto, provavelmente não teria sequer piscado com a memória, e, de repente, quis ser como ele.

Por mais que eu tente, não tenho a menor ideia de como fui parar entre os dentes-de-leão. Num momento, estava preso; no outro, corria feito um selvagem. Literalmente. Não havia buracos no solo perto da cerca. Em retrospecto, acho que subi na caixa e escalei o cercado lá do alto. Então cruzei a entrada de carros e entrei no reino verdejante. *É isso!*, pensei. O Desconhecido se estendia em todas as direções. Meu corpo vibrava e se movia com uma energia que todos os coelhos selvagens devem sentir, mas que fora extinta de mim incontáveis gerações atrás de animais flácidos que se alimentavam em bacias de ração.

Fui tomado por uma certa arrogância. Por um segundo atordoante achei até que estava no centro do universo e que tudo girava em torno de mim.

Exatamente como Napoleão devia se sentir, agora que penso no assunto.

O imperador estabelecera seu plano de ação em torno da presunção de que estava, de fato, no centro do universo — do *seu* universo, construído com as dimensões de um ego e uma determinação colossais. Ele incluía conquistas em sua agenda semanal como quem marca um almoço ou um jantar rotineiros. Espanha, Áustria, Bélgica, Holanda, Rússia, Egito... (E provavelmente deixei algum país de fora.) *Quem vou conquistar amanhã?* Teria sido um universo realmente impressionante se Napoleão tivesse conseguido mantê-lo. E o imperador bem que tentou: "O poder é minha amante", disse. "Trabalhei muito para conquistá-la para permitir que alguém a roube de mim ou mesmo a cobice."

Bem, nunca trabalhei tanto assim para coisa alguma. Mas de pé ali onde estava, no limiar de um território que teria alimentado as ambições de Napoleão ainda mais, caso ele fosse de um tamanho mais parecido com o meu, posso dizer que meus lombos foram tomados por um desejo de aventura.

Até me lembrar de outra coisa que Napoleão dissera:

"Nunca se deve subir alto demais quando não se sabe aonde está indo."

Àquela altura, tinha me perdido.

Olhe para cima! Leia as circunstâncias! Os antigos éditos me rodeavam como moscas aleatórias. E eu mal notava. Ah, eu podia sentir o perigo em cada poro, disso não há dúvida. Tinha consciência de que havia gaviões, falcões, raposas, tudo muito próximo. Pior, sentia que todos eles sabiam exatamente onde eu me encontrava e estavam só dando um tempo. Só mesmo um gavião muito míope para não notar um coelho branco no meio de todo aquele verde. O pensamento me fez diminuir o passo. *Além de selvagem, tinha ficado louco?* Se achasse uma toca de coelhos normandos ao redor que me servisse de saída de emergência, poderia compensar aquela loucura, mas não sentia o cheiro de nada, e até um coelho de cativeiro é capaz de detectar o fedor de uma toca.

Fiquei rente ao chão, imóvel, e esperei não sei o quê.

Perguntei-me por um instante o quão longe Dona Lavanda foi na noite em que desapareceu para sempre. Será que ficou assim, sozinha, no meio do prado de Hougoumont? Será que conseguiu alcançar a brecha no muro leste? Talvez tenha chegado em segurança a uma toca em algum lugar na plantação de cevada mais adiante e cruzado bravamente, em sua idade avançada, um dos grandes locais da batalha de Waterloo.

Não sei em que momento perceberam que eu havia desaparecido. Àquela altura, podia ouvir os filhos de minha dona, o frenesi em suas vozes ao gritarem meu nome, e o próprio fazendeiro embriagado dizendo a eles com todo o seu charme que não se preocupassem, pois, se eles quisessem, iria me procurar de trator por todo o prado, mas bem devagar, para não me atropelar.

Estava encolhido em algum ponto perto do bosque, sozinho, num lugar que parecia completamente errado no sentido cataclísmico. Digo, era como se estivesse num banco de areia em meio a uma maré que enchia a uma velocidade vertiginosa. Ou num vale sereno antes de os tanques chegarem.

Os raios do sol de fim de tarde atravessavam as copas das árvores e caíam na grama em retalhos dourados. Uma lua crescente surgiu no céu, quase ansiosa, já que o sol de verão iria demorar a se pôr. A ideia de uma lua ansiosa era acolhedora, como se o universo não fosse o lugar insensível que eu estava imaginando, e contive um sorriso fraco. Mas então algo começou a pesar intensamente sobre mim — algo significativo, como se a própria Lua, e não a sua homônima lá no céu, tivesse passado por mim e pousado uma pata em meu ombro.

Se algo ruim acontecer, William, enfrente o problema de forma metódica, como se fosse uma cenoura dura e comprida. Gostaria de pensar que esse lampejo de sabedoria de Dona Lavanda era um milagre, como a luz de saber que é passada adiante, mas meus quadris começaram a tremer de pânico, e não de empolgação, e eu estava certo de que se iria atacar uma cenoura, qualquer que fosse, seria para nunca mais.

Felizmente Dona Lavanda ainda não tinha terminado: *Ajeite os ombros! Dê um passo, mesmo com todo o desespero lhe fincando ao chão. "Levantem-se!", disse Wellington aos seus homens quando eles se esconderam entre os milharais. É isso que você precisa fazer, William. Você precisa se levantar e encarar o que quer que a vida lhe apresente.*

Tinha acabado de começar a endireitar os ombros, me preparando para me levantar *à la* Wellington, quando vi: uma mancha escura e irregular descendo da floresta, planando. É só um galho, pensei com esperança, sendo levado pelo vento. Mas não havia vento. E acontece que a mancha escura tinha penas, e não folhas, e logo pude ver que a força motriz que a deslocava era a mais eficiente possível e a impulsionava na minha direção.

O "*vu*" definitivamente voltou ao *déjà vu*, porque eu já tinha visto aquela manobra aérea antes, em Hougoumont, perto do Portão Sul. A única diferença era que, da outra vez, eu fora espectador da tragédia, e Caillou, o personagem principal.

Agora, era eu quem estava no palco.

Spode, Dona Lavanda, Jonas e, claro, o próprio Caillou desfilaram diante de mim, lamentando minha imprudência. E eu me perguntei que tipo de arrogância podia ter me entorpecido daquele jeito, me alterando até que eu tivesse a temeridade de me considerar em pé de igualdade com Jonas em matéria de me arriscar e, por um instante, até o centro do universo.

Ainda assim, foi muito gentil da parte deles aparecer em meus momentos finais.

O gavião iniciou seu mergulho.

Sempre achei que não havia muito tempo nesse tipo de situação. Afinal de contas, tinha visto a velocidade com que Caillou fora levado. Mas quando é você que está partindo, paradoxalmente, se tem todo o tempo do mundo.

Dona Lavanda disse que, se você acredita muito em uma coisa, às vezes ela se materializa. Não sei se o que ela queria dizer com "uma coisa" era o dedo da Providência ou só um dente-de-leão especialmente gostoso, embora você provavelmente possa imaginar por qual dos dois eu estava torcendo. Porém, tinha minhas dúvidas a respeito dessa filosofia específica de vovó. A meu ver, a ideia de que a Lua limitaria suas aparições só para aqueles que realmente acreditam que ela vai aparecer diminuiria um bocado as suas responsabilidades. Se fosse esse o caso, então os deuses teriam mais tempo para se dedicar a boas ações, o que obviamente não estavam fazendo. Enquanto tremia naquele prado estranho, cara a cara com o destino, imaginei, ou melhor, torci, na verdade, *rezei* para que a Lua fosse melhor que isso e que ela estivesse *mesmo* com a pata em meu ombro agora.

Talvez Napoleão tenha pensado o mesmo tipo de coisa logo antes de seu Waterloo.

Uma suposição oportuna, considerando que eu estava enfrentando o meu naquele momento.

De repente, ridiculamente, não tinha mais medo nenhum. Na realidade, me senti muito, muito bem — feliz até. Feliz o suficiente para experimentar uma pontada de arrependimento ao ouvir:

— *Olhe ele ali!* — Foi a jovem filha de minha dona, gritando e chorando ao mesmo tempo.

— Onde?

— Ali!

O gavião fez uma curva tranquila de volta para a floresta, como se estivesse o tempo todo apenas numa missão de reconhecimento e não tivesse ficado nem um pouco incomodado.

❖

Se o meu quase cataclismo na Normandia me modificou? Dona Lavanda acreditava fielmente em cataclismos (contanto que ficassem no quase). Lembrei-me de uma coisa que ela disse a Jonas depois que ele foi resgatado semimorto da cerca, as entranhas balançando com a brisa. *Às vezes, desastres são coisas boas, Jonas. A menos que você realmente morra num deles, embora, em geral, eles não sejam o cataclismo que se imagina.* Em retrospecto, talvez o conselho não tenha sido tão animador quanto Jonas teria gostado. Mas ele de fato passou por aquela transformação estranha, então talvez tenha aprendido a encarar a vida e a morte de uma maneira nova.

Desastres podem até ser divertidos. Não exatamente engraçados em si mesmos, sobretudo quando se trata de um desastre completo. A menos que você seja britânico, claro, pois seria capaz de fazer piada com qualquer cataclismo assim que ele acontecesse.

O campo de batalha de Waterloo oferece vários exemplos. Entre eles, o do conde de Uxbridge, subcomandante de Wellington e comandante da cavalaria. Uxbridge fugira com a cunhada de Wellington, e o escândalo fizera com que o duque o tratasse com uma formalidade fria. Essa dolorosa história de cunho pessoal pode talvez explicar a reação lacônica de Wellington diante do sofrimento de Uxbridge. Ao ser atingido por estilhaços enferrujados da metralha da artilharia francesa na perna direita, o que a destruiu por completo, o conde comentou com Wellington: "Por Deus, senhor, perdi a perna!", ao que o duque respondeu: "Por Deus, senhor, é verdade".

O conde foi então levado para a vila de Waterloo, onde foi submetido a uma amputação horrível, sem anestesia, mas que enfrentou com enorme bravura e ânimo. Queixou-se apenas de que "as facas pareciam meio cegas".

A perna de Uxbridge foi enterrada no jardim da casa em que foi amputada. E no lugar foi erguido um memorial de brincadeira que dizia: "Aqui jaz a Perna do ilustre e valente conde de Uxbridge, tenente-general de Sua Majestade Britânica, comandante em chefe das cavalarias inglesa, belga e holandesa, ferido em 18 de junho de 1815, na memorável batalha de Waterloo, e que, por seu heroísmo, assistiu ao triunfo da causa da humanidade, gloriosamente decidido pela vitória retumbante do referido dia."

Alguns anos depois, Uxbridge voltou a Waterloo com dois de seus filhos, encontrou a mesa em que foi feita a operação e jantou nela.

Pelo menos, por mais cegas que fossem as facas, Uxbridge tivera uma boa chance de se recuperar. No meu caso, seria bem mais complicado: quadrúpedes não costumam perder um membro e sobreviver, muito menos voltar e jantar tranquilamente no lugar em que o desastre aconteceu. Acho que, se o gavião tivesse realmente me capturado e me levado embora, eu não teria sido capaz de conjurar o extraordinário bom humor de Uxbridge. Tudo teria se acabado — toda a diversão teria sido em vão. A única coisa que restaria seria a entrega formal de minha essência para a Lua, se é que podia acreditar nisso. Mas convenhamos: se é para gritar para alguma coisa das garras da morte iminente, que essa coisa seja arrebatadora, e não (no meu caso) um agricultor bêbado que dificilmente o encontraria com seu trator.

Depois da Normandia, me dei conta de que talvez tenha me precipitado em meu julgamento da Lua. Recentemente, até cheguei à conclusão de que, apesar das falhas, ela tem, em geral, um bom coração. Ah, eu a culpara pelo que tinha acontecido a Caillou, isso é certo (talvez para me eximir de responsabilidade), e a condenara por deixar que eu fosse levado de Hougoumont e de minha família, e por não me mandar sinal algum de que Dona Lavanda estava bem. Isso é natural para nós: não pensamos duas vezes antes de reclamar com nosso deus quando a vida se torna sombria. Eu só sabia que não poderia continuar vivendo com raiva e remorso. Isso não era jeito de passar um dia que fosse, muito menos o restante da vida. Também não era a melhor maneira de construir uma parceria com alguém como a Lua, uma deusa da qual você não gostaria de reclamar *tanto* assim.

Aparentemente, o seu deus leva o crédito pelas coisas boas, mas nunca é responsabilizado pelas catástrofes. As pessoas presumem que deve haver algum significado mais profundo nos acontecimentos terríveis, que são insondáveis para o cérebro humano, e ficam satisfeitas com isso. Pelo que sei, culturas menos flexíveis têm deuses menos flexíveis ainda e que se vingam à menor provocação. Claro que entendo a questão do significado mais profundo. Mas não a da vingança. Parece invenção humana, não divina, e na certa não é algo que já tenha experimentado com a nossa deusa.

❖

Bem, jamais imaginei que uma pequena gaiola branca num chão frio de pedra de um *château* francês cheio de correntes de ar pudesse parecer o paraíso, mas era exatamente isso que parecia depois da aventura. Ataquei minha ração industrializada com fervor quase religioso. Pela segunda vez na vida, a gentileza havia me visitado na forma da mão de um humano. Talvez eu fosse jovem demais para entender isso da primeira vez; talvez precisasse de duas intervenções para enfim perceber que os sonhos mais magníficos devem permanecer intangíveis: que, possivelmente, é melhor apreciar um gramado de longe do que estar no meio dele. Umidade, escuridão, vulnerabilidade, gaviões... isso é o que pode acontecer com o mais lindo dos sonhos.

Talvez seja melhor viver feliz com a ideia de um dente-de-leão do que morrer comendo um

11

Todo verão de minha infância, no fim de semana mais próximo de 18 de junho, uma multidão de entusiastas baixava nos campos e nas estradas de Hougoumont para reencenar o conflito. A batalha de Waterloo original se deu num domingo: um paradoxo eclesiástico, poderíamos dizer, já que, em vez de louvar o Príncipe da Paz, os exércitos reunidos fizeram do sabá uma carnificina. As pessoas que estavam fazendo piqueniques, os turistas, os habitantes da capital e alguns perplexos moradores da região se reuniam em torno da fazenda para assistir à glória reconstituída da era napoleônica. Uniformes, cavalos, mosquetes, canhões… nenhum detalhe era esquecido, exceto que não havia uma gota de sangue em lugar algum, ou um fiapo de medo, o que nos deixava com a estranha impressão de estar assistindo a um leão desdentado e sem garras lutando contra um adversário semelhante.

— Isso aí é higienizar a guerra! — desdenhava vovó quando os canhões eram disparados, praticamente estourando nossos tímpanos. — Ah, as cores e a cerimônia são bonitas. Mas não têm o menor sentido sem o inferno que as acompanhou. Pra que isso? Cadê o cheiro do medo? O cheiro da morte?

Com nossos poderes olfativos refinados, entendíamos perfeitamente o que vovó queria dizer. Assistindo aos soldados de mentirinha caminhando pela fazenda com seus uniformes de lã impecáveis, não era difícil imaginar que, durante a batalha de verdade, até o nariz humano tenha tido a capacidade de captar o travo azedo do medo no odor de corpos sujos e suados — um cheiro particularmente ausente nas tardes de piquenique-guerra. Embora seja verdade que as reconstituições davam uma boa ideia de como era a vida no acampamento — o que os soldados comiam e vestiam, como dormiam e passavam o tempo e assim por diante —, a tentativa de encenar uma guerra real tinha um quê de carnaval.

— O quão realista é quando as pessoas se fazem de mortas e se levantam no fim da tarde para voltar para casa? — resmungava vovó. — Eles podiam ao menos espalhar uns cadáveres de verdade para dar mais efeito.

Nunca gostei muito desta última piada. Em primeiro lugar, reduzia a magnitude de minha avó, fazendo-a parecer mais uma jornalista de tabloide sensacionalista do que a pensadora de mente elevada que era. E depois, nenhum fã casual de Waterloo iria querer estragar uma reconstituição histórica com realidade demais. De qualquer forma, Dona Lavanda já havia descrito mais do que algumas vezes o pesadelo dos corpos apodrecendo no calor de junho. Às vezes, antes de dormirmos, ela dava especial atenção aos detalhes, sobretudo se tivéssemos nos comportado mal durante o dia, e, acredite em mim, não eram histórias de dormir muito agradáveis. Nem algo que você quisesse confrontar durante um piquenique.

Todos os animais que estavam perto de Waterloo sentiram que ia acontecer alguma coisa. É óbvio que o cheiro e os sons da batalha aterrorizaram os animais. Mas sempre me perguntei como eles sentiram o cataclismo *antes* de ele acontecer? Só podia imaginar que toda aquela energia humana destrutiva, multiplicada por milhares numa área relativamente pequena, enviara tremores pela terra antes de ela ser marcada para sempre.

As encenações eram o próprio inferno para os animais pequenos. Nós nos amontoávamos num canto do abrigo, as orelhas enfiadas na confusão de pelos, numa tentativa vã de encobrir o som cortante. Canhões, mosquetes, gritos... era insuportável. Alguns coelhos passavam dias com um tique nervoso.

Nada era capaz de aliviar o golpe ensurdecedor das explosões martelando pelas tábuas de madeira e através de nossos pés sensíveis, nossos sistemas digestivos cuidadosamente afinados, subindo até os dentes. Emmanuel, parvo como era, nunca pensou em nos mudar de lugar antes do evento.

Num domingo desses, olhei pela cerca para o prado, onde, a meio caminho do muro sul, um soldado britânico "morria" depois de dar tiros de festim por sobre o muro. Ele caiu com elegância — artisticamente até — num gramado fofo (que teria sido parte do jardim formal na batalha original, e muito mais duro) e permaneceu imóvel, de forma bem convincente, devo dizer. Sei disso porque resolvi continuar assistindo até ele se cansar da brincadeira. Em seu favor, até que ele aguentou bastante tempo, mas no final o espectador invisível — eu — foi mais esperto.

O soldado de fim de semana ergueu a cabeça, olhou ao redor para ter certeza de que não havia mais ninguém e, lentamente, arrastou-se até o muro. Lá, abriu um botão prateado do uniforme e puxou um celular.

— Beth? — gritou. Com todo aquele barulho ao redor, não havia outro jeito, por isso eu podia ouvi-lo muito bem. — Beth? Ah, oi. Levei um tiro. Você pode me pegar no estacionamento do café? Meia hora? Ótimo.

❖

— A guerra nunca deve ser entretenimento, William.

Estávamos de volta à nossa cavidade no chão de terra, vovó e eu. Os últimos soldados já tinham trocado os uniformes e percorriam a estrada em seus carros.

— Que sacrilégio se fingir de morto no mesmo lugar em que tantos morreram de verdade, e com tanto sofrimento! — observou Dona Lavanda.

A luz era suave, delicada. Ia ser um daqueles longos crepúsculos de verão que eu tanto amava. Os melros, tendo se retirado sensatamente para os bosques distantes durante a encenação, já haviam retornado a seus galhos nas velhas faias e castanheiras ao redor da fazenda para o cântico da tarde. Não havia um único tremor em suas vozes, o que me fez pensar se seus antepassados voltaram aos galhos na manhã de 19 de junho de 1815, e, caso tenham voltado, o que encontraram para inspirou seu canto.

— Mas às vezes é divertido — comentei, pensando em Beth e no encontro com o soldado no café.

— Os seres humanos aprendem a fazer isso uns com os outros — continuou Dona Lavanda, ignorando meu comentário. — Um dia, eles vão ter que desaprender, antes que seja tarde demais e todos sucumbam à mesma loucura. Não importa se você é um lagomorfo ou um antropoide: o fundamental é servir de exemplo. Qual foi a última vez que alguém testemunhou coelhos atacando uns aos outros em massa? Pois então. Lidere pelo exemplo, William. Lidere pelo exemplo. Não tem nada de glorioso na guerra.

Ah, mas deve ter havido alguns locais gloriosos em 1815! Sei que era um pensamento proibido, então o mantinha só para mim. O que, no entanto, não me impedia de fantasiar: encoberto, o sol enfim surgiu no campo de batalha à tarde, refletindo num peitoral aqui e num capacete ali, como se os tivesse escolhido a dedo. As trombetas, os tambores, os cavalos a galope; o *staccato* distante da "Marselhesa" e os gritos de *Vive l'empereur!* Isso sim dava uma boa história de dormir!

❖

É fácil nutrir pensamentos assim durante a juventude, num crepúsculo dourado e na segurança de parentes próximos.

Mas eu cresci, como todos nós temos de fazer.

Saí de casa e fui morar sozinho. Perdi Dona Lavanda e, com ela, o meu norte. Nem podia mais me enroscar em parentes ao dormir quando o tempo ficava ruim. E, embora tivesse aquela fonte de energia — minha terra natal — zumbindo dentro de mim como um motor, sua força não era constante. As chuvas fortes traziam aquele sonho, e a fonte de energia parecia falhar como uma turbina velha.

Hougoumont.

Sempre que acordava depois dos sonhos, não era o carnaval ensolarado das encenações que preenchia minha mente, mas todas as lições aprendidas ao lado de minha avó, extraídas da ressonância de um único dia monumental.

❖

Dezoito de junho de 1815: alvorada. A neblina e a chuva forte persistiam incessantes desde a noite anterior, envolvendo Waterloo num crepúsculo eterno. Os soldados dentro e ao redor de Hougoumont estavam encharcados, sujos e exaustos da noite maldormida. Os franceses podiam ser ouvidos a apenas trezentos metros de distância, no vale atrás do bosque, saindo-se tão mal quanto os adversários. Fogueiras enchiam de fumaça o ar carregado, aquecendo os pés e as bebidas mornas. Em meio à névoa, podia-se ouvir vozes aleatórias.

Onze horas... onze e meia... Ninguém sabe ao certo quando os primeiros tiros foram disparados. Você deve lembrar que, ao ouvir as histórias de vovó, imaginávamos os sinos da igreja da vila soando onze vezes, por isso vou manter essa interpretação.

Em termos de campo de batalha, Waterloo é um lugar pequeno; Hougoumont, menor ainda. Era extraordinário, então, que minha fazenda — meu cantinho da Bélgica, que até hoje algumas pessoas têm dificuldade em localizar num mapa — tenha feito história em tão poucas horas.

Houve uma espécie de prelúdio para a sinfonia infernal que estava por vir: mosquetes estalavam por todos os lados, com os soldados tentando limpar a lama e a umidade; homens gemiam num esforço para sair de atoleiros, clamavam por uma dose de gim, assobiavam para suas montarias. Cada novo timbre e seu eco moviam-se lógica e inexoravelmente em direção ao espetáculo iminente: uma obra demoníaca que compositor humano nenhum jamais admitiria ter criado.

O combate explodiu no pomar e ao longo de todo o muro sul.

No início da tarde, o *château* estava em chamas.

Nas palavras do major Macready, da divisão leve do Trigésimo Regimento Britânico, brigada de Halkett: "A madeira de Hougoumont alimentou uma chama imensa por entre as nuvens escuras de fumaça que pairavam sobre o campo; por trás dessa névoa, os franceses podiam ser vistos apenas indefinidamente. Aqui, enxergávamos uma massa de penas vermelhas compridas em movimento; lá, o brilho do que parecia ser uma folha de aço indicava que a cavalaria estava avançando; quatrocentos canhões cuspiam fogo e morte para todos os lados; os estrondos e os gritos misturavam-se, indistintos — juntos, me davam a ideia de como seria um vulcão em erupção."

Wellington podia ver o incêndio do alto da serra e enviou uma mensagem para a fazenda: *Mantenham os homens nos lugares que o fogo não alcança. Cuidado para ninguém ser atingido por telhados ou pisos em queda...*

Os feridos, que haviam sido arrastados para o abrigo do *château*, tiveram que ser evacuados. Muitos não sobreviveram a essa movimentação extra. Outros podiam ser vistos rastejando para fora do incêndio, as roupas em chamas.

Mãos decepadas... mandíbulas quebradas por uma bala de mosquete... fraturas expostas de crânio... essas nem foram as lesões mais graves que William Whymper, médico do Coldstream, tratou no local. As vítimas de ambos os exércitos foram levadas para o celeiro ou outros anexos não afetados pelo incêndio e colocadas lado a lado. (Estranho, não é, como homens que podem lutar, sofrer e morrer em estreita proximidade uns com os outros tenham tanta dificuldade para *viver* uns com os outros?)

Para os que estavam amontoados dentro da pequena capela, as chamas de Hougoumont seriam sempre lembradas como centelhas de graça que pararam aos pés de Cristo sem ferir ninguém.

O combate no Portão Sul foi bastante selvagem. Mas seria o Portão Norte — símbolo de Hougoumont — que entraria para a história. O portão havia sido deixado aberto para a passagem de munição e suprimentos. Por volta do meio-dia, os franceses avançaram pela estrada que contorna o lado oeste do celeiro e chegaram ao Portão Norte.

Fechem o portão! O grito eletrizou os homens reunidos atrás dele. Juntos, atiraram-se contra as portas, os pés escorregando no lamaçal da entrada em busca de um ponto de apoio.

O mito tomou forma na figura de um oficial francês, o segundo-tenente Legros — conhecido como "*l'Enfonceur*", ou "o Esmagador". Maciço feito uma bigorna, Legros abriu caminho com um machado. Terreno fértil para uma lenda infantil. A cada estocada de baioneta brotavam heróis. *Quantos franceses seguiram Legros pelos portões? Trinta? Cem?* Verdade e mito são parceiros complicados. Seja qual for o número, os soldados do Coldstream abateram todos eles, transformando-se imediatamente em lenda.

Sempre me perguntei que som teria tantas mortes. Passei muitas noites insones imaginando os gritos dos animais do outro lado do pátio, o estalar de armas contra a madeira, contra o aço, contra o osso. E o cheiro: a terra pisoteada; o suor tão enjoativo quanto urina; a pólvora amarga e asfixiante, tão espessa que praticamente obscureceu as enormes portas que balançavam em seus eixos.

De alguma forma, no meio da confusão, elas foram fechadas.

Wellington disse uma frase que ficaria famosa: "O sucesso da batalha de Waterloo dependeu do fechamento dos portões de Hougoumont."

E quanto à nota de rodapé desta história?, você me pergunta.

O tocador de tambor...

Isso mesmo. Mas ele não era uma nota de rodapé — não em nossas vidas. Afinal, cada lenda tem seu coração pulsante, e o tocador de tambor logo se tornou esse órgão vital da nossa fazenda, mesmo que, como você deve se lembrar do relato de Matthew Clay, tenha vindo na verdade de outra escaramuça no Portão Sul, e não no Norte. Mas o que são as lendas se não a história escrita do jeito que mais nos comove? Cresci perto do Portão Norte, respirando seu legado. Ao longo dos anos, o lodaçal endurecera num ícone, e, bem fundo dentro dessa resina fóssil, longe do controle de qualquer um, a história preferida da fazenda vai pulsar para sempre.

A voz de Wellington muitas vezes enche a minha cabeça, e, acredite em mim, ouvi o duque exaltar diversas vezes o crucial fechamento dos portões... *os* portões através dos quais o tocador de tambor simplesmente *tinha* que passar para a lenda perdurar.

— *Por favor*, vovó — implorávamos a ela. — O que aconteceu com o menino?

Sabíamos que fora resgatado por homens que, no auge do derramamento de sangue, ainda tinham alguma noção de quando a matança devia parar. Sabíamos que o soldado Clay o levara para o grande celeiro, sem o seu tambor. Sabíamos, lá no fundo, que o menino devia estar morrendo de medo. Nossas almas estremeciam só de imaginar o que deve ter visto.

Depois disso, a lenda tornava-se obscura. Às vezes, ela até soltava um suspiro triste, como o portão de nosso cercado. *Será que o garoto escapou dos escombros fumegantes da fazenda? Será que conse-*

guiu recuperar o tambor? Vovó apenas especulava, da forma mais vaga.

— Talvez tenha morrido de febre...

Mas o silêncio perspicaz que sucedia à especulação sugeria mais... muito mais.

Sempre que o vento aumentava durante a noite, e a velha faia tamborilava seus ritmos contra o muro sul, eu pensava no menino.

❖

Dezoito de junho: crepúsculo. Quando o marechal de campo Blücher chegou com os prussianos, o sol vermelho-sangue brilhava por entre as nuvens de fumaça. Os reforços apareceram bem na hora para Wellington. Um oficial o ouvira declarar: "Que a noite ou os prussianos cheguem!" Foi, de fato, uma vitória apertada.

Sauvé qui peut! Foi o grito entre os franceses. *Salve-se quem puder!* O imperador doente fugiu do campo de batalha. Seu exército esfarrapado — mesmo a magnífica Guarda Imperial — saiu em debandada.

Quando a bola vermelha mergulhou na escuridão, os saqueadores apareceram.

Em 18 de junho de 1815, faltavam poucos dias para a lua cheia. Os historiadores raramente tocam no assunto, mas, como você pode imaginar, para Dona Lavanda, a questão era muito importante. Para o animal humano, havia mais luz para facilitar os saques (as almas benevolentes oferecendo ajuda aos feridos também conseguiam enxergar melhor). Para os de minha espécie, ainda catatônicos em suas tocas, a lua cheia teria trazido algum conforto, uma lembrança de que talvez alguém os estivesse observando em meio ao cataclismo (embora, até aquele ponto, os tivesse decepcionado magistralmente, claro). O que, aliás, me faz pensar onde estava o *seu* deus naquela noite. Deve ter deixado vários seguidores decepcionados também.

Dizem que era impossível dar um passo sequer no campo de batalha sem esbarrar no corpo de um soldado, vivo ou morto. Ao fim do dia, inúmeras almas ainda respiravam. A maioria não sobreviveria, presa sob um exército de corpos a cujas fileiras logo se juntaria. Outros caíram em posições impossíveis, as pernas dobradas embaixo de si, a agonia intensificando-se a cada minuto. *Minutos... quartos de hora... meias horas...* Vovó contava que o tempo se arrasta cruelmente no campo de batalha, brincando com as vítimas como gatos brincam com aves, e que esse era um dos castigos da humanidade — pior até que a morte. E os que pereceram o fizeram não apenas lentamente, mas anonimamente, os nomes se dissolvendo junto com seus corpos na lama. Quatro dias se passaram até que os últimos sobreviventes, enlouquecidos pela sede, dor e solidão, finalmente foram retirados do campo de Waterloo e levados para hospitais improvisados e infestados de moscas.

Cavalos alucinados se atiravam de um lado para outro nesse Armagedom ou jaziam impotentes, sentados sobre suas ancas com as pernas dianteiras dilaceradas. Cerca de dez mil cavalos morreram em Waterloo; muitos mal tinham esfriado quando os moradores chegaram para retirar a carne desses fiéis servos.

Os saqueadores percorriam como hienas esse inferno. Alguns não conseguiram nem esperar o fim do combate, rastejando pelo campo com as balas ainda sendo disparadas. Os próprios soldados participaram da profanação: roubavam homens que sangravam e se contorciam, arrancando-lhes bolsas, roupas, relógios, pistolas, espadas... qualquer coisa que pudesse ser vendida ou trocada. Quando os soldados partiram, chegaram os camponeses. Vítimas que resistissem eram discretamente esfaqueadas na escuridão; em seu fervor, os saqueadores mataram uns aos outros.

Não falei muito do cheiro, falei? Seria de imaginar que teria falado, sendo uma criatura tão inclinada a cheiros. Mas, na verdade, agora percebo que a corrupção reinante não era a que se poderia imaginar. Não, era o fedor da ganância. É um fenômeno que a nossa espécie nunca experimentou de fato — estou improvisando aqui —, mas sei de um exemplo que pode ajudar a alguns de vocês que ainda estejam convencidos das glórias da guerra a reconsiderar sua opinião: dentes, sadios e brilhantes, foram retirados das bocas dos mortos e dos moribundos em quantidades tamanhas que acabaram por se tornar uma mina de ouro para a indústria britânica de dentaduras. "Dentes Waterloo", eram chamados, e muitos clientes ricos compraram o sorriso de um cadáver do campo de batalha.

❖

Ah, devo mesmo continuar?

Não tenho mais palavras. Como é possível *existir* mais o que falar? Acho que um grande poeta talvez encontrasse dizeres escondidos num canto do campo de batalha de que me esqueci. Dona Lavanda certamente jamais passou por isso, apesar dos longos silêncios. Se achasse que serviria de alguma coisa, eu pararia esta lenga-lenga e rezaria para a Lua, pediria a ela que apagasse a memória desses terríveis atos para sempre, para o bem de todos os herdeiros de Waterloo... para o bem dos herdeiros de todas as guerras, aliás. Que é quase todo mundo, acho. Mas, na verdade, não conheço a Lua muito bem. E ela se distrai tão facilmente.

Na noite de 18 de junho, Wellington cavalgou sozinho de volta para a vila de Waterloo. O luar abria caminho por entre as nuvens escuras aqui e ali e caía em raios sobre a carnificina, como se o ato final da tragédia ainda não tivesse terminado e as luzes ainda estivessem acesas no palco. Charlotte Eaton descreveu:

"Ele se viu cercado pelos cadáveres sangrentos dos soldados veteranos que o seguiram até terras distantes, de seus amigos, seus colegas de armas, companheiros de um ano cheio de perigos e glórias."

Embora tivesse escapado milagrosamente sem ferimentos, Wellington saiu mais afetado que qualquer um poderia imaginar.

Por volta das três horas da manhã seguinte, o dr. John Robert Hume, médico de Wellington, fez uma visita ao seu quarto no quartel-general:

"Subi até lá e bati de leve à porta; ele me disse para entrar. Quando o fiz, ele se sentou na cama, o rosto coberto pela poeira e pelo suor do dia anterior, e estendeu a mão para mim, que peguei e segurei na minha enquanto lhe contava da morte de [Sir Alexander] Gordon e outros casos dos quais tive conhecimento.

"Ele ficou muito abalado. Senti as lágrimas caindo uma atrás da outra na minha mão e, olhando para ele, vi os sulcos que desenhavam em suas faces empoeiradas. Ele as esfregou de repente com a mão esquerda e me disse com a voz trêmula de emoção: 'Bem, graças a Deus não sei o que é perder uma batalha; mas, certamente, nada pode ser mais doloroso do que ganhar uma com a perda de tantos amigos.'"

12

A estrada entre Bruxelas e Waterloo era um necrotério a céu aberto. Os historiadores tendem a ignorar o fato, mas aqueles entre nós que moram perto da Chaussée de Waterloo e têm uma veia mais nostálgica às vezes ouvem, encoberta pelo som das buzinas nervosas e pelo gemido dos ônibus freando no ponto, uma acústica há muito desaparecida. Quando a escuridão cai e o trânsito se acalma, ela está lá, nos cascos dos cavalos e nas rodas de carroça, ecoando ao longo da rota mítica atrás do muro.

Charlotte Eaton visitou Waterloo um mês após a batalha. Corajosa que era, aventurou-se com seu grupo pelo mesmo caminho que tão recentemente fora usado por grandes homens, sofredores anônimos, mulheres ousadas e pelos mortos.

Já havia passado por Bruxelas e notara que desde que fugira para a Antuérpia, a cidade se enchera de forma alarmante com os feridos. Nas portas, via-se marcado em giz o número de vítimas abrigadas lá dentro: *un*, *deux*, *trois*, *quatre*, às vezes até *huit militaires blessés*. A cada janela aberta, deparava-se com vítimas de guerra, "lânguidas e pálidas, os fantasmas do que foram um dia".

Deprimida, seguiu até a *chaussée*. Diante dela, por quilômetros e quilômetros, desdobrava-se uma sucessão entorpecente de calvários:

"Espalhados pelo chão havia ossos de cavalos insepultos, peças de carroças quebradas e arreios. A cada passo, deparávamo-nos com os restos de alguma roupa esfarrapada que um dia pertencera a um soldado. Sapatos, cintos, bainhas de espada e chapéus em retalhos... eram as relíquias tristes dos feridos que tentaram rastejar do campo fatal e que, incapazes de seguir adiante, deitaram e morreram no chão agora marcado por suas sepulturas — se é que as covas escavadas à beira da estrada e mal cobertas de terra mereciam esse nome. Os corpos dos feridos que morreram nas carroças a caminho de Bruxelas também foram jogados fora e enterrados às pressas...

"Fundas poças de água pútrida e parada misturavam-se a restos mortais, indicando o local em que os corpos de homens e cavalos se confundiram na morte."

Os Eaton saltaram da carruagem no exato local em que as tropas britânicas acamparam na véspera da batalha. O milho ainda estava achatado no solo, a terra ainda pisada. Não era difícil imaginar o pântano em que o acampamento se tornara sob a chuva torrencial e que sofrimento ele abrigara. Charlotte arriscou dar alguns passos à frente e parou: foi recebida por um campo de valas comuns recém-revolvidas.

Uma caminhada dessas pela *morne plaine* de Waterloo poderia ser tida como voyeurística, talvez. Ou até macabra. Mas o relato de Charlotte é de uma sensibilidade feminina que obviamente conquistou minha avó, que recontava a história para nós. Parece-me que, quando sentida intimamente, essa jornada, vista pelo olhar piedoso de duzentos anos, foge de qualquer julgamento. Afinal, a "glória" da guerra é, em geral, produto dos autores masculinos, e não das mulheres, a quem, invariavelmente, sobra a tarefa de juntar os cacos de seus homens destruídos, mas que são capazes de ler toda uma história humana numa manga de camisa rasgada ou num chapéu ensanguentado, enquanto os homens compreendem apenas vitória e derrota.

Venham, vamos caminhar um pouco com Charlotte.

Pare ao lado dela, enquanto a autora observa a terra em ruínas: a colheita mirrada e destruída que um dia chegara a 1,80 metro de altura; as pegadas desordenadas no barro e endurecidas pelo sol, deixando seu testemunho dos esforços desesperados de cavalos e homens. A superfície do campo está literalmente branca por inúmeros livros e papéis de todo tipo: cartas de amor, romances, inventários, notas de lavanderia.

Por favor, não desvie os olhos. Não agora. Continue observando com ela.

Como Charlotte, escolha um desses tesouros de papel: um volume de *Cândido, ou o Otimismo*, de Voltaire, um baralho de cartas, uma partitura de marcha militar. "Carreguei comigo quase o dia inteiro um testamento alemão, não tão sujo quanto os muitos que havia por ali..."

Olhe para o chão: a mão estirada de alguém, só parcialmente decomposta, se ergue de um túmulo.

Fraca diante do que estava testemunhando, Charlotte apressou-se a deixar o campo, apenas para acabar em Hougoumont, onde um sepulcro ainda mais apinhado a aguardava.

"Melancólicos eram os vestígios da morte que continuamente chegavam aos nossos olhos", escreveu ela. "A carnificina aqui de fato havia sido terrível... Nos arredores do bosque e em torno das paredes em ruínas do *château*, amontoavam-se enormes pilhas de cinzas humanas, algumas ainda fumegando... Peguei um punhado e guardei numa das muitas folhas de papel que jaziam espalhadas ao meu redor; talvez as pilhas que enegreciam a superfície daquela cena de desolação já tenham sido disseminadas pelos ventos de inverno; talvez as cinzas sagradas que colhi no Château Hougoumont sejam tudo o que se pode encontrar na terra dos milhares que sucumbiram naquele campo fatal!"

Eu me perguntava com frequência o que teria acontecido às cinzas que Charlotte Eaton recolhera com tanta reverência. Será que quando voltou para casa as guardou numa gaveta da mesa de trabalho? Será que foram jogadas na lareira por alguma empregada desavisada? Ou será que Charlotte mudou de ideia e, numa hora em que ninguém estava olhando, foi até um canto de seu jardim inglês e jogou-as ao vento, rezando para que fossem levadas pelo Canal da Mancha de volta ao seu legítimo lar?

— Estradas são coisas simbólicas — costumava dizer Dona Lavanda depois de contar a história da viagem dos Eaton. — Elas nos levam a grandes realizações e nos afastam do desastre (isto é, se tomarmos o cuidado de viajar na direção certa). Elas nos dão a esperança de que pode haver algo melhor na próxima curva. E nos levam para casa. Animais que vivem enclausurados como nós nunca vão experimentar uma viagem por uma estrada física como essa, claro. Mas posso garantir a vocês que o nosso tipo de jornada, aquela que se faz sem sair do lugar, é ainda mais aventureira e esclarecedora. Nem sempre, claro. Às vezes, as nossas estradas são tão esburacadas quanto a *chaussée*. Podemos nos desesperar nelas... podemos até morrer nelas. Mas se você não pegar a estrada, não vai chegar a lugar algum. Então, levante-se, William, e enfrente os buracos na pista.

Nas noites tranquilas na cidade, às vezes posso ouvir a carruagem dos Eaton, levando-os pela *chaussée* até a minha casa.

❖

A guerra é um negócio arriscado, totalmente aleatório, pode-se dizer; uma cadeia de eventos que quase sempre dá errado em algum momento, mesmo para os vencedores. Historiadores são mestres em limpar os destroços, pode ter certeza. Cabe a eles catalogar o emaranhado dos séculos passados e organizar as coisas para os séculos futuros. Mas também não estão imunes a editar um pouco os fatos, inflando heroísmos, negligenciando atrocidades e obscurecendo complexidades ao transformar os vencidos em simples vilões.

Se você tivesse vivido a infância que vivi, encolhido junto ao flanco de uma especialista em Waterloo, iria deduzir que a história é só uma série de golpes de sorte e erros idiotas... um dos refúgios preferidos da Providência. A batalha de Ligny, por exemplo, última vitória militar de Napoleão. Ligny é o pequeno córrego pantanoso a cerca de dez quilômetros de Quatre Bras, onde os franceses confrontaram os prussianos dois dias antes da batalha principal, em 18 de junho. O plano de Napoleão era colocar suas forças entre os exércitos britânicos e prussianos e, assim, enfraquecer fatalmente a aliança entre eles.

Havia gerações que a região era habitada apenas por fazendeiros. Moinhos de vento pontilhavam a paisagem. A colheita ia ser boa aquele ano: as plantações estavam da altura de uma pessoa, assim como em Quatre Bras e em Waterloo. (A esta altura, você deve estar se perguntando por que a agressão humana parece tão fatalmente atraída pela natureza bucólica.)

As sonolentas vilas de Ligny, St. Amand, Wagnelée e todas as aldeias entre uma e outra foram despertadas violentamente com os disparos iniciais dos canhões de Napoleão. O combate logo se alastrou de casa em casa, de mão em mão. Moradores idosos se encolheram em seus lares, assustados. Blücher e Napoleão assumiram pontos de observação em moinhos de vento situados em locais opostos da vila de Ligny, de onde podiam testemunhar o fogo e o sangue como um passarinho talvez o fizesse (embora sem a perspectiva verdadeiramente panorâmica dessa criatura).

Napoleão conseguiu sair vitorioso em Ligny, é verdade. Mas o destino se manifestou, disfarçado de Jean-Baptiste Drouet, o conde de Erlon, um dos generais de Napoleão, que passou o dia 16 de junho marchando de um lado para o outro pela estrada de terra entre Ligny e Quatre Bras em função de ordens conflitantes, sem se envolver em nenhuma das duas batalhas. Dona Lavanda (entre muitos outros estudiosos) tinha quase certeza de que, se as tropas de Erlon tivessem lutado naquele dia — não importa onde —, o resultado de Waterloo poderia ter sido favorável a Napoleão.

Não se esqueça de que, em 1815, os comunicados entre comandantes e seus exércitos tinham que ser escritos em papel e entregues em mãos. O que frequentemente envolvia também um cavalo. O trio resultante nem sempre era confiável, e, sem dúvida, não era rápido. E quando havia mais de um trio composto de papel, mensageiro e cavalo — quando, na mesma tarde, Ney ordenou a Erlon que se dirigisse a Quatre Bras, Napoleão mandou que fosse a Ligny, e Ney o chamou de volta à Quatre Bras, com os pobres mensageiros dividindo, mesmo que brevemente, a mesma nuvem de poeira ao galopar um pelo outro —, ninguém se surpreenderia que o conde se visse irritado, dolorido de tanto cavalgar e com munição extra nas mãos.

A história está nos detalhes... em palpites de sorte, em um bom cavalo, no tempo...

Ah, sim: e na digestão.

Poucos animais entendem este último quesito melhor que um coelho, cujo sistema digestivo funciona segundo o mais instável equilíbrio.

Um pouco como o de Napoleão.

Assim, o acaso percorria os bosques e os campos de Waterloo, espalhando a imprevisibilidade a cada esquina. Eu devia ter imaginado, portanto, uma reviravolta imprevista na minha própria história em Waterloo.

❖

Mal reconheci Arthur quando ele apareceu. Sabia que havia andado ocupado, pois o verde do início da primavera varrera o pátio, e as auroras e os crepúsculos voltaram a ser tomados pelo canto dos pássaros. Mas havia nele uma agitação que ia além dos movimentos habituais de sua cauda e das asas e que me fez erguer os olhos instintivamente para os muros. Devia haver um predador por perto, pensei, e ele veio me avisar.

— Tenho novidades — disse, secamente. (Os mensageiros de Wellington deviam usar tão poucas palavras quanto ele, embora na certa acrescentassem um "senhor".) — Preciso começar do início.

— O início...

— É. Dia 18 de junho de 1815. Mais especificamente, o cerco de Hougoumont. O início da sua história.

A minha história... O que ele estava dizendo?

Arthur se aproximou e me encarou fixamente.

— Você não quer descobrir o mistério do seu passado?

Experimentei um momento de pânico. É verdade que havia pedido a ele que descobrisse notícias de meus parentes e de Dona Lavanda em especial. Mas a pergunta parecia conter algum tipo de armadilha. O mistério de meu passado era outro assunto. Digo, quantos de nós realmente querem resolver um enigma que aconteceu muitos anos antes de nosso nascimento? É o próprio mistério que torna a vida tão colorida e intrigante, não é? As nuances, a fantasia, a busca... tudo isso parece muito mais interessante do que as assustadoras incógnitas da descoberta.

Pensei na magia de Hougoumont, especialmente ao anoitecer: a névoa que invadia o jardim furtivamente por sobre os muros e os bolsões teimosos de ar aprisionados em meio à bruma translúcida. Como poderia esquecer as sombras rastejando pela grama e o tremor ocasional na escuridão, como se ela tivesse levado um susto? Será que a revelação de Arthur iria destruir minhas memórias?

Aprumei os ombros. Wellington o teria feito.

— Quero — respondi. — Quero saber.

Ele começou:

— O combate em Hougoumont acabou por volta de sete e meia da noite. Imagino que sua avó tenha lhe contado tudo. Não preciso entrar em detalhes.

A declaração de Arthur não tinha sua elegância habitual. Ele parecia ansioso, como se tivesse que dar a notícia o mais rápido possível.

— Em algum momento naquela tarde, um jovem soldado levou um menino do Portão Sul para o abrigo de um dos celeiros.

— Ah, sim, o Portão do Sul — murmurei comigo mesmo. — O soldado Matthew Clay. — Então acrescentei para Arthur: — Vovó teria ficado satisfeita com o fato de você ter feito essa distinção, porque a maioria das pessoas acha que o menino entrou pelo Portão Norte.

— As teorias diferem — comentou Arthur, com bastante frieza, pensei. Sem demora, continuou: — O ar no jardim era sufocante. Estava tudo preto pela fuligem do *château* em chamas. Levadas pelo vento, as brasas queimavam a todos. Os cavalos ficaram loucos. Alguns correram para o lado errado, direto para o fogo. O gado foi carbonizado nos currais. Havia muitos homens feridos no celeiro para o qual o menino foi levado, o que seria óbvio para qualquer criatura, pelo cheiro predominante de sangue. E pelos gritos, claro...

Arthur fez uma pausa dramática de quem sabe contar uma história.

— Um cirurgião estava amputando membros.

Outra pausa. Em seguida:

— Ninguém sabe exatamente o que aconteceu com o menino depois que ele chegou ao celeiro. O jovem soldado pode ter dado a ele uma fatia de bolo de centeio ou um pouco de água suja. Talvez, o simples fato de ser apenas um menino o tenha salvado da punição certeira que receberia por ser francês. De qualquer forma, ele foi deixado à própria sorte. De acordo com o que ouvi, quando a noite caiu, o menino saiu para o pátio.

A pausa seguinte pareceu um pouco exagerada, por isso implorei que continuasse:

— Sim. E *aí*?

— Ele estava carregando um coelho.

— Um *coelho*? — Mesmo para mim, o desdobramento parecia um anticlímax.

Arthur ignorou o comentário.

— Um coelho branco. Havia gaiolas de coelho no celeiro, claro. Afinal, o lugar era uma fazenda. Tinha jardins. Gado. Os nobres deviam consumir iguarias como pombos e coelhos. — Ele me lançou um olhar comiserado antes de continuar. — Sabe, passei um tempo analisando as informações que coletei em Hougoumont. — Arthur falava mais intensamente agora. — Por isso não tenho vindo visitar você. Aqui vai a minha teoria: parece que, quando foi levado para o celeiro, o menino viu as gaiolas dos coelhos. Numa hora em que ninguém estava olhando, ele abriu uma delas com a intenção de libertar os ocupantes. Mas os bichos, digo, os que tinham sobrevivido ao trauma, estavam tão aterrorizados que não conseguiam sair do lugar. Nenhum deles se mexeu. Então, o menino pegou o que mais lhe chamou atenção e fugiu, colocando o coelho dentro do paletó do uniforme enquanto cruzava o pátio.

O que mais lhe chamou atenção... Uma pena que eu tenha me desconcentrado do que Arthur estava dizendo a partir desse ponto, pois ele falava mais rápido agora. Mas estremeci diante da menção à escolha de um coelho branco numa gaiola repleta de parentes aterrorizados, salvando-o, portanto, da morte. O caso soa estranhamente familiar, não? Aparentemente, algumas pessoas (ainda bem) são naturalmente atraídas por coelhos brancos.

— Havia caos e fumaça demais para os soldados se preocuparem com um garoto — prosseguiu Arthur. — Muitas emergências médicas. Assim, ele levou o coelho até o jardim formal e parou no meio do caminho, perto das treliças de madeira.

Nesse ponto, Arthur perdeu um pouco o foco. Descreveu a beleza dos jardins de Hougoumont e como eles sobreviveram milagrosamente ao massacre. As murtas e as figueiras estavam em flor, disse ele. As treliças estavam cobertas de jasmim e madressilva. A natureza fora quase insensível em sua resposta à violência, entrelaçando o fedor da podridão com um perfume tão doce.

A todo vapor agora, Arthur embarcou numa história improvável sobre como os soldados ingleses mataram e retalharam um porco na manhã anterior à batalha e assaram seus pedaços numa fogueira, ficando cobertos de uma fumaça negra. Não tendo conseguido comer sua porção por achá-la repugnante, o soldado Clay guardou a carne no bolso e foi combater os franceses. Mais tarde, deparou-se com uma ruína em chamas e tirou, satisfeito, a carne do bolso para assá-la. Descobriu, contudo, "que o fogo vinha do corpo semidestruído de um colega que caíra durante o combate".

Hesitei por um instante, respeitando o peso da pausa dramática. Então, impaciente, perguntei:

— Para onde o menino levou o coelho?

— Ele o soltou — respondeu Arthur.

— O quê?

— É. Deixou-o no jardim. Mas o animal não saiu de perto dele. Alguém gritou do portão, talvez o jovem soldado. O garoto entrou em pânico e fugiu, deixando o coelho para trás enquanto escalava um trecho derrubado do muro leste e escapava para o pomar.

— Será que foi preso na serra pelos aliados? — perguntei, o coração batendo aceleradamente. — Foi baleado?

Talvez tenha sucumbido ao tentar deixar o campo de batalha, dissera Dona Lavanda. *Morrido de febre*. Minhas orelhas ficaram geladas.

— Ninguém sabe — respondeu Arthur.

— O que aconteceu com o coelho?

— Correu atrás do garoto, aparentemente.

— Que extraordinário! — Lembrei-me da história que Spode contara a Arthur sobre a silhueta bípede cruzando o prado ao luar, seguida de dois quadrúpedes, Dona Lavanda entre eles. Mas o caso que Spode narrara havia ocorrido na véspera de minha saída de Hougoumont.

A história que Arthur contava agora acontecera duzentos anos antes.

Então o tocador de tambor francês tinha ajudado um coelho branco a fugir.

Isso ainda não explicava quem havia soltado Dona Lavanda.

— Desde a batalha, de tempos em tempos, ao longo das gerações pós-Waterloo, aparecem coelhos brancos pelo bosque — disse Arthur. — Parece que todos eles descendem do animal que o menino francês soltou. Imagine só!

Ele me lançou um olhar penetrante.

— Descobri também que, há muitos anos, alguém escapou da sua colônia uma noite e passou várias horas, bem... *divertindo-se*, vamos colocar assim... com um desses descendentes brancos.

Meu coração disparou. Minhas ancas tremeram. Iria precisar de um dia inteiro para que meu corpo voltasse ao seu ritmo normal.

— *Dona Lavanda!* — exclamei.

Você já teve a sensação de tudo à sua volta estar vibrando num tom tão perfeito que você fica tonto? Bem, era assim que eu me sentia.

Ela voltou pouco antes do amanhecer, dissera Spode. *E estava, sei lá... mudada.*

Claro que estava mudada! E de uma forma muito concreta: deve ter voltado para casa grávida! Foi assim que, por causa de uma única noite de indiscrição, um coelho branco aparecia às vezes na colônia, e nossa família perpetuou uma nobre lenda de Hougoumont.

— A história às vezes é como uma roda — disse Arthur, deduzindo meus pensamentos. — Ela gira e gira, e, de vez em quando, um incidente esquecido no passado dá uma volta completa e ressurge em outra encarnação.

Arthur deitou a cabeça de lado, um gesto afetado que lhe era tão característico.

— Você é uma dessas encarnações.

De repente, fui dominado por um sentimento de compaixão por nossa deusa. Engraçado, não é? Senti-me como se pudesse perdoar a Lua por seu hábito de estar sempre atrasada e o modo aparentemente aleatório com que tocava as coisas, porque os fios que amarravam minha própria história pareciam demasiado milagrosos para terem se entrelaçado ao acaso. Tinha que haver a participação de algo — ou de *alguém*.

Concluí que, provavelmente, a índole de um deus se adequa melhor aos pequenos milagres — as chamas na capela de Hougoumont, por exemplo, ou coelhos brancos sendo resgatados — e não é tão impressionante com trabalhos maiores, como evitar uma carnificina.

Em meio ao surto de iluminação, até me perdoei pelo que acontecera a Caillou. Minha culpa com relação ao portão aberto se evaporou. Pensei na famosa máxima de Dona Lavanda: *Deveria, poderia, teria... a rima mais inútil em qualquer idioma, William. Um futuro do pretérito espinhoso do qual ninguém precisa. Deveria ser apagado dos livros de gramática.*

Apesar dos ensinamentos de Dona Lavanda, o próprio Caillou vez por outra abraçava o futuro do pretérito, como os jovens tendem a fazer. Em seus pontos mais próximos, o exército francês e os aliados estavam a apenas um quilômetro e meio de distância, observando-se, esperando. Podiam sentir o cheiro das fogueiras um do outro; podiam ouvir as músicas do outro lado. Eu sei, eu sei, isso não está no futuro do pretérito, e sim no imperfeito, mas é aí que eu queria chegar:

— Se todos os soldados em Waterloo sabiam que provavelmente iriam morrer — disse Caillou um dia —, deveriam ter se recusado a lutar. Eles poderiam ter conversado sobre isso, não poderiam? Todos aqueles homens e cavalos teriam sobrevivido.

Não chega a ser um futuro do pretérito tão espinhoso: aproximadamente cinquenta mil homens sobreviveram. E dez mil cavalos.

❖

— Onde você descobriu tudo isso? — perguntei a Arthur depois de terminar minhas divagações.

— Ah, você nem pode acreditar nas coisas que permanecem na floresta ao redor de Hougoumont — disse ele. — A ressonância é surpreendente. Bichos pequenos a um raio de quilômetros ainda conhecem a história.

Os que ficaram e sobreviveram passaram adiante a experiência por meio da memória coletiva... e da ressonância.

— É, mas você na certa falou com alguém na colônia — comentei. — Com Spode, talvez?

— Ah, Spode se foi.

Gelei por dentro.

— É verdade — disse Arthur. — Todo mundo se foi.

Olhei para ele. Não ia aguentar perguntar se o fazendeiro tinha finalmente carregado toda a minha família para o *marché*. Por isso, abordei a questão de forma mais palatável:

— Eles escaparam?

A resposta do melro foi surpreendente:

— Emmanuel os soltou. No ano passado.

Ora, vejam só, pensei, ainda encarando Arthur. O heroísmo sem dúvida pode surgir sob muitos disfarces! Já tinha ouvido falar em mulheres grávidas que arrastaram seus maridos para fora do campo de batalha; sabia que, no pior da batalha, meros meninos tocavam seus tambores. Portanto, até garotões abrutalhados podiam ter seu momento de glória.

Emmanuel obviamente sabia que a vida de Hougoumont como fazenda estava chegando ao fim e que a colônia de coelhos em breve seria arrastada para um destino incerto. Bem, talvez "sabia" seja uma palavra muito forte. "Sentia", quem sabe? Espere aí: isso significa que o garoto percebera alguma coisa que até mesmo nós, com nossos sentidos altamente sintonizados, não notamos?

É de se pensar o que aconteceu exatamente no dia em que eles foram soltos. Talvez a própria Providência tenha iluminado por um momento as ideias do menino e enfeitiçado as mãos dele; talvez, ao passar por Hougoumont de bicicleta com seu cérebro tentando pegar no tranco, o dedo divino tenha tocado seus ombros gorduchos.

Muito bem, querido Emmanuel! Você nos salvou do nosso inevitável Waterloo.

O garoto abobalhado soltando os fracos... Hougoumont enfim tivera sua redenção.

❖

A essa altura, você provavelmente está confuso com todas as impropriedades cometidas pelos coelhos de Hougoumont. Só sei que eu estou. Não costumo fazer listas, pois elas me fazem lembrar de

Spode, mas uma lista agora talvez facilite as coisas para todo mundo:

1) 18 de junho de 1815: um tocador de tambor francês soltou um coelho branco nos jardins de Hougoumont.
2) Cerca de 165 anos depois: Dona Lavanda cavou um buraco sob a cerca para se encontrar com um descendente desse coelho branco e voltou grávida.
3) Algumas gerações depois — uns vinte anos mais ou menos —, eu nasci.
4) Três anos mais tarde, Dona Lavanda foi embora para sempre, pelo portão da frente.
5) Na manhã seguinte, fui levado da fazenda.
6) Cerca de sete anos depois, Emmanuel soltou os coelhos da colônia.

São muitos acontecimentos, agora que os vejo assim listados no papel. E sempre ficam umas pontas soltas, não é? Teorias nunca são à prova de erros, gaiolas nunca se fecham perfeitamente (ou vice-versa). Digo isso especificamente com o item 4 em mente. Não sei se você se lembra, mas Spode falou vagamente numa "silhueta bípede". Sem nenhuma descrição específica. Uma ponta muito solta, por assim dizer.

Quem soltou Dona Lavanda?

Arthur já estava se ajeitando no muro para partir quando o chamei de volta.

— Quem soltou Dona Lavanda na véspera de eu ir embora? — exigi.

— Bem — disse ele, tentando obviamente ganhar tempo. Arthur desceu até o gramado, aterrissando num pouso impecável. — Parece que abriram o portão.

— Sim, disso eu sei. Mas *quem*?

— Um menino — respondeu Arthur.

Emmanuel! Claro! Então ele *tinha* sido menosprezado esse tempo todo. Senti minhas entranhas se relaxando e suspirei audivelmente. *Vai ficar tudo bem*, o menino me dissera ao me colocar dentro do caixote de banana. Talvez tenha reparado que eu procurava freneticamente por Dona Lavanda e estivesse me assegurando de que ficaria tudo bem... *com ela*... porque ele a havia deixado escapar na noite anterior — talvez até tivesse visto enquanto vovó procurava um esconderijo adequado no prado. Se era para acreditar na história de Arthur, e Emmanuel, um bobo subitamente tomado pela coragem, também tivesse soltado todo mundo sete anos depois, então a libertação era, sem dúvida, uma parte importante em seu destino, e nós todos o subestimamos demais.

— Gordo e desajeitado? — pressionei Arthur, apenas para confirmar que Emmanuel tinha, realmente, sido o herói improvável, embora minhas entranhas tivessem se contraído de novo.

Talvez as suas também. Porque você certamente se lembra do fato indiscutível a respeito de Emmanuel do qual minhas tensas capacidades mentais se esqueceram momentaneamente e que, ao ser examinado mais de perto, tende a reduzi-lo a suas antigas dimensões obtusas: Emmanuel nunca ia a Hougoumont depois que escurecia... *nunca*.

Suspirei de novo, mas não de alívio. Porque podia visualizar o menino nitidamente em minha cabeça, lançando um olhar ansioso para as sombras que se alongavam sobre o prado de Hougoumont, atirando um punhado de grãos para dentro do cercado dos coelhos e disparando em sua bicicleta feito um urso que foge de um enxame de abelhas.

Ele jamais teria voltado à fazenda à noite para soltar Dona Lavanda.

Arthur percebeu minha confusão. O melro pulou de lado na direção das begônias e então voltou depressa para onde estava, como sempre fazia quando elaborava um pensamento importante. Com a voz alterada, perguntou:

— A sua avó... ela... ela *via coisas*, não é?

Suas palavras me deixaram imóvel. Mas talvez não tanto quanto uma pergunta que Dona Lavanda me fizera mais de uma vez. *Você nunca os vê, William?*

— É, ela via coisas — murmurei. — Quer dizer, vovó sentia coisas. Formas. Movimento. Ela chamava de "trânsito de almas".

— Hmm — disse Arthur. Ele ficou em silêncio por um instante; depois continuou: — Nesse caso, você não ficaria surpreso em saber que o garoto que abriu o portão para a sua avó há sete anos e a levou pelo prado com seu amante de pelo branco era um pouco mais magro, mais ágil.

Não foi Emmanuel, então.

— Estava de uniforme.

Mas tinha que ser. Não havia outra explicação.

— E carregava um tambor.

Pós-escrito

Enquanto escrevo estas linhas, a fazenda de Hougoumont está enfim sendo restaurada. O fazendeiro faleceu poucos anos depois da libertação da família de William, e o governo belga assumiu o controle da propriedade. Existem planos para a criação de um centro de visitação e um espaço para exposições. Até o Portão Norte está sendo cuidadosamente restaurado por um descendente de Hougoumont na Inglaterra, usando parte da madeira original. O cercado em que William nasceu e onde sua família continuou a viver depois de sua partida para Bruxelas foi destruído junto com o antigo pombal. Nenhuma das duas estruturas aparece nos desenhos da fazenda da época de Waterloo.

No entanto, essas são mudanças cosméticas.

Vá até lá e você vai ver.

Pegue o caminho escavado que cruza o bosque, assim como Wellington e seus homens, e siga até o Portão Norte. Faça isso no inverno, quando há menos turistas. Aí você vai entender... vai jurar pela veracidade das palavras de Dona Lavanda: a natureza nunca se recupera por completo de cataclismos que os homens infligem a ela. Pois, embora a terra absorva os ossos e as balas, e os pássaros e os animais retornem, algo permanece sob seus pés. Você só tem que ficar bem paradinho para sentir.

Siga em frente até o Portão Sul e o local da vala comum. As três castanheiras ainda estão lá, cansadas da vigília. Olhe para cima: observe de perto e você vai notar que seus ramos retraçam toda a história da batalha tendo o céu como pano de fundo, ainda que de forma intermitente, como se tivessem que completar a tarefa antes que a terra as engula novamente.

Ouça: o vento corre sobre o descampado. Outros sons recobrem seu movimento — sons bem precisos, ritmados. Talvez sejam folhas secas. Ou um galho batendo em alguma coisa.

Nos dias em que as brumas se elevam, você pode imaginar um lampejo de branco perto da brecha no muro leste e se perguntar se Hougoumont acabou de revelar um de seus segredos. William diria certamente que não — que é preciso olhar muito além da bruma para examinar as circunstâncias corretamente, e que isso requer prática... gerações de prática.

Mas ele iria sorrir, sabendo que Hougoumont, no âmago de sua história, continua viva.

Agradecimentos

Em geral, projetos criativos e diferentes têm poucos defensores a princípio... se é que têm algum. As pessoas abrem aquele sorriso, remexem os pés e desejam boa sorte. Aí o projeto morre. Este parágrafo, portanto, é curto. Mas é também o mais importante do livro: Sarah McFadden, editora e escritora de primeira linha, você foi muito valente ao ler o manuscrito inicial de *A sábia de Waterloo*, acolhê-lo e oferecer algumas sugestões sem as quais eu não teria tido a coragem de enviá-lo para a Norton e para você, Matt Weiland, editor extraordinário. Com visão e intuição, você mergulhou no Desconhecido, e por isso lhe sou profundamente grata. Cindy Gesuale, minha amiga de infância querida: cuidar juntas de pequenos animais foi fonte de lições de amor, perda e amizade que me inspiram até hoje. E para os ocupantes de meu abrigo estendido, tanto Francombe quanto Maxson: obrigada! Quando falei que ia escrever sobre coeihos e Waterloo, vocês gargalharam (quem não gargalhou?). Mas, vendo que eu estava falando sério, vocês me apoiaram, me incentivaram e me fizeram acreditar que a Providência certamente me daria uma mãozinha.

Já se escreveu um verdadeiro mar de livros e ensaios sobre Waterloo, embora relativamente poucos tenham entrado em detalhes sobre Hougoumont. Entre as obras que foram especialmente úteis para esta história estão: *A Narrative of the Battles of Quatre-Bras and Waterloo with the Defence of Hougoumont*, de Matthew Clay; "Keep Hougoumont — at What Price?", de Mick Crumplin, disponível em www.waterloo200.org; "Waterloo Days", de Charlotte Eaton, em *Ladies of Waterloo: The Experiences of Three Women During the Campaign of 1815*; *Waterloo: A Guide to the Battlefield*, de David Howarth; *Hougoumont*, de Julian Paget e Derek Saunders; "Waterloo", de D.H. Parry, em *Battles of the Nineteenth Century, Vol. 1*; e *Le Goumont 1815: Citadelle de la Mémoire*, de Claude Van Hoorebeeck.

Este livro foi composto na tipologia ITC Souvenir Std Light, em corpo 11,5/16, e impresso em papel off-white no Sistema Cameron da Divisão Gráfica da Distribuidora Record.